Coordinación editorial: M.ª Carmen Díaz-Villarejo
Diseño de colección: Gerardo Domínguez
Maquetación: CopiBook, S. L.

© Del texto y las ilustraciones: Mikel Valverde, 2011
© Macmillan Iberia, S. A., 2011
    c/ Capitán Haya, 1 - planta 14. Edificio Eurocentro
    28020 Madrid (ESPAÑA). Teléfono: (+34) 91 524 94 20
    GRUPO MACMILLAN: www.grupomacmillan.com

Primera edición: agosto, 2011
Segunda edición: marzo, 2014

ISBN: 978-84-7942-909-6
Depósito legal: M-7377-2014
Impreso en Edelvives Talleres Gráficos (España) / Printed in Edelvives Talleres Gráficos (Spain)

www.macmillan-lij.es
www. miraquienlee.com

Este libro pertenece a:

....

....

Mikel Valverde

Rita y el sueño del alquimista

MACMILLAN
Infantil y Juvenil

1

—¿Es cierto lo que dicen todas las leyendas sobre Praga? –preguntó Rita a Daniel.

Su tío, el profesor Daniel Bengoa, la había invitado a pasar unos días con él en la capital de la República Checa, donde estaba llevando a cabo un trabajo. Eran los días previos a Navidad y Rita,

que ya tenía vacaciones, había aceptado encantada la invitación. Daniel la esperaba en el aeropuerto y juntos habían tomado un tranvía que les llevaba al centro de la ciudad. Atardecía sobre las calles nevadas.

—No has perdido la costumbre de informarte y leer antes de viajar a un sitio, ¿eh? —respondió Daniel, que con una de sus manos sostenía la maleta de Rita, que se mecía con el traqueteo del tranvía.

—Sí, mi padre compró una guía, pero solo hablaba de los monumentos y los lugares que visitan los turistas. En la biblioteca del colegio encontré varios libros, investigué y leí algunas cosas más. ¿Qué hay de las leyendas? ¿Son todas ciertas?

Su tío la miró con una sonrisa dulzona. A menudo los adultos, cuando un niño tiene sus mismas inclinaciones o aficiones, experimentan un sentimiento de satisfacción un poco empalagosa.

—¿Me vas a contestar o te vas a quedar todo el rato mirándome con cara de pastel de crema?

La pregunta irónica de Rita sacó al profesor Daniel Bengoa de aquel estado en el que se había sumido.

—Praga está llena de bonitos cafés donde sirven unos pasteles muy ricos.

La niña torció la boca en un gesto divertido y Daniel comprendió que ella no estaba dispuesta a olvidarse del asunto.

—Rita, en alguna ocasión hemos hablado de lo que significan las leyendas. Son historias que se cuentan desde hace muchos años y, aunque seguramente tengan una base real, no sabemos si lo que dicen ocurrió tal como se relata.

—Bien. ¿Pero las de Praga son ciertas? –insistió la niña.

—Es imposible que todas ellas lo sean. En esta ciudad hay muchísimas, cada esquina tiene la suya. Pero, créeme. Aquí no ocurrieron tantos hechos fantásticos como cierta gente cuenta.

—¿Y las que hablan de espíritus que se aparecen de noche en los puentes?

—Estoy seguro de que precisamente esas son fantasía. Pero es mejor que no te dejes llevar por esas historias fantásticas que se cuentan del pasado y abras los ojos a las cuestiones del presente –Daniel señaló la ventana que quedaba frente a

ellos y añadió–: Mira, estamos en pleno centro de Praga.

El tranvía, un vehículo vetusto de mobiliario básico, pero práctico y lleno de encanto, circulaba por una avenida. Rita, con los ojos muy abiertos, disfrutaba de la visión de los palacios coronados con esculturas, los edificios decorados con pinturas y la gente que iba de un lado para otro.

Su mirada pronto se vio atraída por un conjunto de edificios de torres puntiagudas que se erigían sobre una colina y dominaban la ciudad.

—Aquello es el castillo –le dijo su tío.

La niña había sentido un estremecimiento ante la visión del monumento, que parecía amenazar la ciudad más que guardarla.

—¿Qué te ocurre? –le preguntó Daniel, que se había dado cuenta de su turbación.

—Nada. Es allí donde estás trabajando, ¿verdad?

El tranvía se detuvo suavemente en una zona de casas bajas de colores.

—Luego te lo cuento, Rita; ahora nos están esperando para cenar. Vamos, esta es nuestra parada.

2

Daniel y Rita llegaron ante la puerta de una casa de dos pisos de color azul. Sobre la puerta de entrada, enmarcado en un escudo, se encontraba pintada la figura de un león rojo.

No necesitaron llamar, los estaban esperando.

Una mujer alta, de pelo muy liso, tez blanca y suave y cara alegre les abrió la puerta. En torno a sus piernas se arremolinaban dos niños.

—Hola, Rita, bienvenida; te estábamos esperando —saludó la mujer.

—Hola, gracias —respondió ella.

—Rita, te presento a una compañera de trabajo, la profesora Eva Flanderova. Ella ha accedido a que me aloje en su casa mientras dura el proyecto y ha insistido en que te invitara a pasar unos días en Praga –intervino Daniel.

—Este es mi hijo, Marek –dijo Eva acariciando a uno de los niños–, y este es Tomik –añadió mirando al otro.

Los niños, que tenían unas caritas traviesas y eran gemelos, saludaron a Rita con una sonrisa.

Por indicación de su tío, y para respetar la costumbre del país, Rita se descalzó en el recibidor de la casa antes de acceder al resto de la vivienda. En la amplia cocina, un hombre de barba y cara redonda ponía la mesa, mientras un señor con gafas y gesto serio estaba sentado a su lado.

—Buenas noches, tú debes de ser Rita –la saludó el hombre de barba mientras le estrechaba la mano–. Tu tío nos ha hablado mucho de ti. Soy Emil, el marido de Eva, y este es el señor Flander, su padre –concluyó, señalando al señor que permanecía sentado.

—Buenas noches –dijo el hombre en un tono misterioso.

Hechas las presentaciones, los siete se sentaron en la mesa y se dispusieron a cenar.

—¿Te gusta Praga? –le preguntó el marido de la profesora antes de que Rita hubiera podido coger

la cuchara para tomar la sopa que humeaba
en el plato.

—Acabo de llegar y solo he visto algunas
calles desde el tranvía, pero me ha gustado mucho.

—Nuestra ciudad se ha conservado muy bien
a pesar del paso del tiempo. ¿Has visto alguno de los
edificios modernistas?

—¿Qué? –preguntó la niña.

A Emil se le escapó una sonrisita
condescendiente. Su cuerpo creció ligeramente

hacia el techo y adoptó la actitud de quien va a dar un discurso.

—Por favor, Emil, la niña está recién llegada, no le des la lata ahora con una lección de historia del arte –intervino Eva–. Además, se le enfriará la sopa.

Rita sonrió a la profesora con un gesto pícaro agradeciéndole sus palabras. Había pasado varias horas de vuelo y el cambio de ambiente había afectado a su cuerpo. La sopa fue como un bálsamo curativo.

—¿Habías oído hablar de Praga? –le preguntó esta vez la profesora Flanderova.

—Los padres de algunos compañeros de clase han venido a visitarla y he oído que es una ciudad muy bonita. Pero no conozco a ningún niño que haya estado aquí.. Sin embargo, he ido a la biblioteca y…

El señor Flander la interrumpió.

—Seguramente has leído o escuchado muchas cosas sobre nuestra ciudad –el hombre se inclinó hacia delante y continuó en voz baja–. ¿Sabes? Mucha gente dice que son leyendas, pero yo creo que algunas de esas historias son ciertas. Si no, mira lo que están haciendo tu tío y mi hija en el castillo.

Rita miró a Daniel, pero este no dijo nada, y Eva miró a su padre con gesto de censura, pero el hombre continuó hablando:

—Están buscando el diario del hombre que descubrió la fórmula…

—¿Qué fórmula?

—¿Cuál va a ser? La que ha buscado desde hace siglos toda la humanidad…

—Ya basta, papá –le interrumpió la profesora–. Hemos invitado a Rita a pasar unos días para que conozca nuestra ciudad y no para que le llenes la cabeza con historias. Te advertí que fueras discreto y no la molestaras con estas cosas.

–A mí no me molesta –se apresuró a intervenir Rita.

—Ya lo ves –dijo triunfante el señor Flander.

Marek y Tomik habían terminado el plato de sopa y jugaban con las cucharas. Emil se levantó para servir el segundo plato y Daniel se adelantó al padre de la profesora.

—Rita, luego te lo contaremos, ¿de acuerdo?

La niña asintió y comieron el segundo plato, hecho de verduras. Se llamaba Bramicja y estaba muy rico. Una vez hubieron terminado, Daniel ayudó a la pareja a recoger la mesa, mientras el señor Flander jugaba con los niños. Rita se levantó y miró las imágenes que decoraban las paredes de la cocina. Se trataba de reproducciones de cuadros enmarcadas. En ellas aparecían pintadas diferentes verduras de tal manera que, juntas y combinadas unas con otras, componían retratos de personas.

—Archimboldo –dijo Tomik.

—¿Qué? –preguntó ella.

—Se refiere al nombre del pintor de los
cuadros –le aclaró el señor Flander–. El maestro
Archimboldo vivió una temporada en Praga y fue
aquí donde pintó los cuadros que estás viendo.

Marek y Tomik sonreían mientras su abuelo
daba la explicación, pero al momento la expresión
de su rostro cambió al escuchar lo que decía su padre.

—Ahora estos niños se irán a la cama. Es muy
tarde para que estén despiertos, y los mayores vamos
a charlar un ratito.

A pesar de las protestas de los gemelos,
animados por la llegada de una visita, su padre
los llevó a su cuarto.

Rita sonrió. Le encantaba sentir que formaba parte del privilegiado grupo de "los mayores". Ellos siempre se acostaban más tarde y, cuando se reunían a esas horas, hablaban de cosas que los niños no estaban acostumbrados a escuchar. "Esto empieza bien", pensó.

Daniel llamó la atención de su sobrina y pasaron a una acogedora sala donde ardían unos troncos en la chimenea. La profesora llevó en una bandeja una tetera, varias tazas y un vaso de colacao para Rita. Al poco tiempo se les unieron Emil y el señor Flander; y una vez los cinco se hubieron sentado, Eva tomó la palabra.

—Rita, me alegra que hayas venido. Quería que conocieras nuestra ciudad y pasaras unos días de descanso.

—Gracias.

Fuera había comenzado a nevar. Todos observaron a través de una ventana cómo los copos descendían despacio, como si fueran paracaidistas, y caían sobre la nieve que cubría las calles.

El ambiente en la sala era de una paz y serenidad engañosa. El señor Flander permanecía sentado con una sonrisa contenida que dejaba entrever un asunto oculto. Tenía la cabeza apoyada en el sillón sobre el que estaba sentado y la vista en la ventana; pero Rita sabía que el hombre la miraba de reojo. La niña recordó las palabras

que Flander había dicho durante la cena y se
dirigió a Daniel.

—La verdad es que estoy muy descansada,
podéis contarme en qué estáis trabajando en el castillo.

Daniel, que había concebido esperanzas
de que se le hubiera olvidado, respondió:

—Es una cuestión que debe permanecer
en secreto.

—Sé guardar un secreto, esa es
mi especialidad –respondió ella.

Su tío puso los ojos en blanco y su sobrina
arrugó la nariz en un gesto huraño. Ella añadió:

—Sí que lo sé guardar.

—No te enfades, por favor –intervino
la profesora Flanderova.

Daniel la miró de nuevo y Rita insistió:

—No se lo diré a nadie.

—Está bien –dijo su tío–. Te contaremos una historia.

—¿Una leyenda?

—No, esto ocurrió en realidad por muy fantástico que te pueda sonar.

Rita se acomodó en el desgastado sofá y se aprestó a escuchar.

3

—Hace muchos años, hacia mediados del
siglo XVI –comenzó a relatar Daniel–, Rodolfo II, rey
de Hungría y de Bohemia, instaló su corte en Praga.
Era la época del Renacimiento, hacia el año 1550.
Rodolfo era un hombre muy sensible al que le
gustaba el arte. De hecho, era un buen pintor y un
hábil orfebre, pero también era supersticioso y, dicen
las crónicas, muy derrochador.

—¡¡Eso yo no me lo creo!! –exclamó el señor
Flander.

—Papá, no le interrumpas –intervino Eva.

Daniel retomó la palabra.

—El caso es que el rey Rodolfo, empujado
por sus gustos, comenzó a coleccionar obras de arte
y a acoger en su corte a numerosos artistas, entre
ellos al pintor Archimboldo. Y como el rey sí que se
creía todo lo que leía o le contaban y hacía caso a las
supersticiones, también decidió recibir en su corte a
todos los astrólogos, alquimistas, brujos e inventores
para que le ayudaran a conseguir sus anhelos más
fantásticos.

—¿Y cuáles eran? —preguntó Rita.

—Conseguir algunas de las cosas que ha buscado desde hace años la humanidad: conocer el futuro, encontrar un elixir que eluda el paso del tiempo, dar con pócimas mágicas y, sobre todo, encontrar la piedra filosofal.

—¿Una piedra filosófica? –preguntó Rita.

—No, la piedra filosofal, la materia que
convierte todo lo que toca en oro. Cuando todas
las brujas, alquimistas y charlatanes de aquella época
se enteraron de que había un rey que los acogería
en su corte a cambio de sus servicios, Praga se llenó
de ellos.

—Alquimistas…

—Sí, eran una mezcla de químicos y de brujos, y eran ellos los que buscaban polvos y pócimas mágicas haciendo mezclas y experimentos. El propio rey Rodolfo tenía conocimientos de alquimia y la practicaba a menudo. El sueño de todo alquimista era dar con la piedra filosofal –le aclaró la profesora Flanderova–. En aquella época se crearon muchos laboratorios, observatorios astrológicos y lugares donde se reunían los brujos por todo Praga. En la ciudad aún quedan varios de ellos en pie.

Rita, que escuchaba atenta, dijo:

—Entonces, hace años, Praga estaba llena de brujos y hechizos por todos lados.

Daniel y Eva se miraron y fue ella quien le contestó.

—Eso piensa mucha gente. En nuestra opinión la mayoría eran unos embusteros. No hay pruebas de que los hechizos de los brujos funcionaran.

—¡Ja! –rio irónico el señor Flander.

—No las hay –se reafirmó la profesora Flanderova.

Rita miró a su tío con los ojos muy abiertos, y Daniel, un poco azorado, tomó aire y continuó.

—Nosotros nos dedicamos a trabajar y estudiar para separar los hechos que sucedieron de la parte falsa que cuentan las leyendas. Los cuentos desde luego son más entretenidos, pero no reflejan lo que ocurrió de verdad.

—¿Y para eso vais al castillo? –preguntó Rita.

—Sí. Hace unas semanas, mientras hacían unas obras de restauración, unos albañiles descubrieron tras una pared falsa una sala donde se guardaban libros, documentos y objetos de la época del rey Rodolfo.

Daniel, que conocía la fértil imaginación de su sobrina, dudó antes de continuar. Sin embargo, era consciente de que debía contarle la verdad.

—En uno de los libros se habla del alquimista Gatuso, el más importante del mundo en la época del rey Rodolfo.

—¿Y estuvo en Praga?

—Lo has adivinado –intervino la profesora Flanderova–. Era italiano y vino acompañado de su hijo. Debía de ser un niño de la edad de Tomik y Marek. Trabajó para el rey Rodolfo y, según los documentos, tenía un diario donde apuntaba todo lo que le ocurría, así como los resultados de sus experimentos.

Rita comenzaba a comprender.

—¿Estáis buscando el diario? –inquirió.

—Sí –fue la respuesta de su tío–. Parece ser que el italiano logró resultados muy importantes en sus experimentos. Pero su hijo murió y Gatuso, lleno de pena, no pudo seguir trabajando. El rey se enfadó e intentó obligarle a continuar, pero el alquimista, triste y sin energía por la pérdida del niño, fue incapaz de volver a su oficio.

El rey, enfurecido, le expulsó del castillo sin permitirle llevarse nada salvo la ropa que vestía, y ordenó buscar su diario.

—¿El rey sabía que guardaba un diario?

—Sí, tenía espías por todas partes y se enteró. Pasó varios años buscándolo inútilmente. Y si la pregunta es si nosotros lo hemos encontrado, la respuesta es no. Hemos investigado en el laboratorio del alquimista, que se encuentra en el castillo, y en diferentes estancias, sin éxito alguno.

—Sin embargo –apuntó la profesora–, esta tarde hemos recibido una llamada de un monasterio que se encuentra cerca de Praga. En su biblioteca han aparecido unos libros antiguos y mañana tu tío y yo vamos a ir a estudiarlos. Nos pueden dar más pistas de lo que ocurrió al alquimista y a su diario.

—No te preocupes, el monasterio está muy cerca; regresaremos por la noche –dijo su tío.

—¿Creéis que el alquimista llegó a encontrar la fórmula y la escribió en el diario? –peguntó Rita.

Los presentes se miraron, pero nadie fue capaz de responderle.

—Igual sí, ¿verdad? –insistió.

Fue Daniel quien respondió.

—Gracias al diario del alquimista podremos conocer su día a día en la corte y muchos datos de la vida de la época.

—¿Y la fórmula?

Su tío se inclinó hacia ella y hablando en voz baja dijo:

—Si alguien estuvo cerca de conseguirlo, fue Gatuso. Escucha, Rita, nadie excepto nosotros y el grupo de trabajo de la universidad sabe esto, no se lo cuentes a nadie.

—Soy una timba, digo una tumba –aseguró Rita.

Eva, que se había acercado a una ventana, dijo muy seria:

—Si por casualidad en ese diario se encontrara escrita la fórmula, se convertiría en un documento muy peligroso.

—¿Por qué?

—Esa fórmula daría un poder inmenso al que la poseyera. Un poder que nadie jamás ha soñado y por el cual podrían desencadenarse guerras y conflictos. Es un arma tremenda, una fuente inagotable de recursos y de poder.

Daniel asintió a las palabras de su compañera y añadió:

—Queremos encontrar el diario antes de que lo hagan otros que podrían hacer un mal uso de él. Si lo conseguimos, se lo entregaremos al rector Fibich. Él nos ha ayudado y es una autoridad en la universidad, además de una persona sensata.

Un profundo silencio siguió a las palabras de Daniel. Emil se levantó y recogió las bandejas. Parecía que la velada tocaba a su fin.

Daniel se relajó y añadió:

—Emil nos llevará en su coche al monasterio. Pasarás el día con los niños y el señor Flander; con ellos tendrás la oportunidad de conocer la ciudad. Ahora podemos ir a acostarnos.

El padre de Eva, sin embargo, se mantenía sentado y apoyaba de manera firme sus manos en los brazos del sillón.

—¿Eso es todo ? ¿Vais a dejar a la niña así? –dijo.

Rita miró desconcertada a su tío.

—Le hemos contado la verdad –dijo la profesora Flanderova.

—Yo le contaré "otra" verdad.

—Eso es una leyenda…

—Se la contaré, si me lo permiten
su tío y ella.

Daniel se giró hacia Rita, quien le respondió
moviendo la cabeza muy rápido en un gesto de
afirmación. Tras dudar un instante, el profesor
finalmente asintió.

4

—Verás, Rita –comenzó a relatar el señor
Flander–: cuenta una leyenda que una mañana
en el castillo, el rey Rodolfo escuchó a uno de
sus embajadores referirse a un alquimista italiano
excepcional llamado Gatuso. Y sin tiempo que
perder el rey lo mandó llamar.

—¿Entonces, hubo otro alquimista Gatuso…?
–se sorprendió Rita.

—Se trata del mismo que existió en realidad, pero esto que te están contando es una leyenda, y no hay pruebas de que sucediera –intervino Daniel.

—Pero es una historia que se cuenta desde hace muchos años en la ciudad, y aún queda lo mejor –retomó la palabra el padre de Eva.

El señor Flander advirtió la mirada expectante de Rita y con una sonrisa continuó.

—El sueño de Gatuso, como el de todos los de su oficio, era encontrar la piedra filosofal, aquella materia que convertía en oro todo lo que tocaba. Y en Praga encontró un rey que le ofreció poner a su disposición cuanto necesitara para realizar sus experimentos. Así el italiano vino a la ciudad acompañado de su hijo, que era toda la familia que tenía.

El rostro de Flander resplandecía a la luz del fuego. Pronunciaba las palabras despacio y con una cadencia que le confería al relato un halo de misterio. El hombre siguió:

—Sin embargo, después de años de espera sin ningún resultado, el rey se cansó del alquimista. Pocos días antes del día de Navidad, decidió expulsarlo de la corte. El italiano estaba arruinado, ya que había gastado todo el dinero ahorrado en materiales traídos de países lejanos para sus experimentos. Por ello, un día antes del plazo que le había dado el rey para marcharse, salió a la calle desesperado en busca de ayuda.

Lo hizo de un modo tan precipitado que no cerró la puerta de su laboratorio y dejó al fuego una gran olla.

—¿Y qué ocurrió? –preguntó la niña.

—Que su hijo entró en el laboratorio y jugando mezcló varios de los polvos que encontró y los vertió sobre la olla. Luego, el niño metió la cabeza en el recipiente y esta quedó convertida en oro. La criatura, de forma accidental, descubrió la fórmula.

—Y, al llegar a casa, el alquimista Gatuso encontró de ese modo a su hijo, con el cuerpo inerte y su cabecita convertida en una escultura de oro, sin vida –continuó el padre de Eva–. Desgarrado por el dolor, el hombre enterró al niño en el pequeño huerto de su casa y al día siguiente desapareció de la ciudad. Nunca más se supo de él.

Rita estaba impresionada, pero el padre de Eva aún no había terminado.

—Cuenta la leyenda que durante los días anteriores al solsticio de invierno, el fantasma del niño sin cabeza se aparece en las calles y pregunta a quien se encuentra por el paradero de su padre.

—¡¡El hijo del alquimista!!

—Así es –aseveró el padre de Eva–. El niño que conoce los ingredientes de la fórmula. Algunos cuentan que a veces le acompaña el espectro de una bruja…

—¡El solsticio de invierno es el veintiuno de diciembre, dentro de dos días! –exclamó de nuevo Rita.

Daniel se puso en pie y se acercó a su sobrina.

—Rita –le dijo–, no creas a pie juntillas
lo que cuenta la leyenda, piensa por ti misma
y saca tus conclusiones de esta historia.

El señor Flander, su hija y Emil permanecieron
en silencio. Rita caviló unos segundos sobre
las palabras que había dicho su tío.

Al cabo de un rato de reflexivo silencio,
la niña alzó la cabeza y el resto de los asistentes
la miraron atentos.

—Ya comprendo lo que quiere decir la leyenda.

Su tío, con una sonrisa que significaba
"¿habéis visto qué sobrina tan lista tengo?", miró a
sus amigos y luego se dirigió a la niña:

—¿Y bien?

—Si veo al fantasma del hijo del alquimista
estos días por las calles, no debo asustarme.

—¡¡Ja, ja!! –rio Flander.

Daniel tomó por los hombros a Rita y la invitó
a levantarse mientras decía en un tono que sonaba
a excusa:

—Rita ha llegado hoy de viaje y creo que le
conviene descansar. Si no le importa, señor Flander,
mañana podrá acompañarle en su paseo matutino.

—Será un placer, hasta mañana Rita,
y bienvenida a Praga –se despidió el padre de Eva
con una sonrisa.

Rita y Daniel compartían la habitación de
invitados. Mientras se cepillaba los dientes, la niña
salió del aseo y se acercó a su tío profesor, que
ordenaba unos papeles junto a la mesilla.

—¿Qué haces? –le preguntó.

—Preparo las cosas para mañana –contestó
Daniel, que se giró y la miró con cariño. Luego
añadió–: Rita, la enseñanza de la leyenda es que

son más importantes los seres queridos que el oro. El hijo del alquimista encontró por casualidad la fórmula, pero murió y su padre fue infeliz el resto de su vida.

—Ya lo sabía, pero quería seguir el juego al padre de Eva.

Daniel sonrió y le dio un beso de buenas noches.

—Cuida del señor Flander y de los niños, ¿de acuerdo?

5

Cuando Rita bajó las escaleras, Flander y sus dos nietos la esperaban en la cocina.

—*Ahoi*, Rita, buenos días, te estábamos esperando para desayunar y enseñarte nuestra ciudad. Daniel, Emil y Eva se han marchado ya –le saludó el señor Flander.

—¿*Ahoi*? –preguntó ella extrañada.

—Significa "hola" en checo.

Tras el desayuno, Flander, Marek, Tomik y Rita se abrigaron y salieron a las calles nevadas. La casa de los Flander se encontraba en un barrio muy antiguo que se hallaba a los pies del castillo, cerca de un gran puente con numerosas estatuas de piedra negra a ambos lados.

—Este es el puente del rey Carlos –le dijo el señor Flander–. Es un puente magnífico, con treinta esculturas colocadas a lo largo de él. Cada una tiene diversas leyendas. Si quieres, luego te cuento algunas.

—No, gracias, no se moleste, estoy un poco cansada de tantas leyendas –respondió Rita mientras miraba hacia el río.

—¿Por favor, usted poder hacer foto? –le preguntó a su lado una turista japonesa.

Rita se dio la vuelta y observó cómo el señor Flander y los gemelos se alejaban por una calle.

—Por favor, ¿poder hacer foto? –insistía la mujer.

La niña cogió la cámara, hizo la foto y salió disparada en busca de sus amigos. Tras seguir sus pasos alcanzó al profesor y a sus nietos, que correteaban alegres a su lado.

—Señor Flander, perdone –le dijo cuando llegó a su altura–. No me

he dado cuenta de que usted
y los niños se habían ido.

—No te preocupes, Rita, estaba seguro de que
nos encontrarías –le respondió el hombre, que vestía
un abrigo gris oscuro y una bufanda amarilla–. Al
levantarme he consultado el horóscopo y no he leído
que perdiera a ninguna niña.

Se acercaron a la plaza del ayuntamiento
para que Rita viera el gran reloj astrológico. El lugar
estaba muy concurrido y había numerosos puestos
de comida y músicos y artistas callejeros.

—Espere, profesor, ¿dónde están los niños?
–preguntó Rita al percatarse de que los gemelos
no se encontraban a su lado.

—No te preocupes, andarán jugando
por ahí. Ya te he dicho que, según el horóscopo, hoy
no perderé a nadie. Ocurrirá algo inesperado, pero
la tarde transcurrirá plácida y en familia alrededor
de una taza de chocolate. No pueden perderse,
lo han dicho los astros.

Rita buscó con la mirada y vio a los niños
junto a un artista que, envuelto en un traje medieval,
simulaba ser una estatua. Tomik se había acercado a
él y le acariciaba la nariz. El artista estaba a punto de
estornudar cuando Rita llegó junto al niño y le detuvo.

—Vamos, chicos, esto no es una escultura
–dijo a los gemelos después de pedir perdón al
artista, mientras los llevaba de la mano de regreso
junto a su abuelo.

—¿Lo ves, Rita? Los niños nos han
encontrado.

—Señor Flander, he sido yo la que ha ido
a por ellos.

—Pero habéis vuelto sin problema,
el horóscopo no falla.

La niña se quedó asombrada ante
el razonamiento del hombre.

—Rita, debemos hacer una cosa muy importante –añadió el señor Flander.

—No se tratará de otra leyenda, ¿verdad?

—No, de una tradición. Tenemos que comprar la cena del día de Nochebuena –dijo el abuelo de los niños comenzando a andar.

Llegaron a una plaza en la que había numerosos puestos improvisados de venta de pescado. Varias personas ataviadas con gorros y mandiles ofrecían los peces que nadaban en grandes cubos y barreños de plástico.

Flander divisó el espectáculo de la plaza con una amplia sonrisa.

—En estos días, en Praga se compra la carpa que cenaremos el día de Nochebuena –le dijo a su amiga.

Tomik y Marek corrieron hacia uno de los grandes recipientes para ver las carpas, mientras Rita acompañaba al señor Flander a elegir el pescado.

—Debemos coger una carpa y ponerle un nombre –dijo Flander.

Tras dar muchas vueltas, el hombre se decidió por un hermoso ejemplar. También se hizo con un barreño y un carrito de metal al que ataron el recipiente para poder transportar el pez.

—Bien, ya estamos listos, podemos irnos –señaló el señor Flander.

Recogieron a los gemelos y se encaminaron por una calle. La mañana era soleada y templada y los rayos de sol refulgían en la nieve que se acumulaba en las calles. Los dos hermanos caminaban de la mano de su abuelo y Rita conducía el carrito con la carpa.

—Dice la leyenda que si un extranjero pone el nombre a la carpa de Nochebuena, el espíritu de la ciudad le protegerá a ella y a sus amigos.

Rita le miró con cara de incredulidad.

—¿Qué ocurre, no crees en las leyendas? –le preguntó el hombre.

—Sabía que había muchas, pero la verdad es que ahora me parece que son demasiadas y esta es un poco rara.

El señor Flander pareció un tanto ofendido y Rita rectificó.

—Está bien –aceptó Rita–, la llamaremos María Elena.

—De acuerdo –dijo el padre de la profesora Flanderova. Luego, señaló una calle peatonal y añadió–: Vamos, debemos seguir haciendo las compras.

6

Flander, sus nietos y Rita no tardaron en llegar a un edificio pintado de color naranja con numerosas puertas de madera donde había varios comercios.

—Esta es la tienda de mi amigo Piotr –dijo
el padre de Eva al llegar a una puerta, a cuyos lados
había dos grandes toneles.

Entraron y el tendero, un hombre fortachón,
alto, con un poblado bigote y nariz y orejas rojas,
recibió con afecto al señor Flander.

—Piotr, te presento a Rita, es sobrina de
Daniel, el profesor que está trabajando con mi hija.
Es amiga nuestra.

—Bienvenida a Praga, Rita –le saludó el
tendero ofreciendo su mano.

—Gracias, señor Piotr –respondió la niña.

—Veo que ya tenéis vuestra carpa para la cena
de Nochebuena.

—Se llama María Elena –dijo Rita.

—Un nombre muy bonito.

—Yo creo que es un poco raro –dijo Flander
con aire de pesadumbre.

El tendero hizo un gesto con la mano
a los recién llegados para pedirles que esperaran
y continuó atendiendo a las personas que estaban
en el establecimiento.

El señor Flander comenzó a observar
los cestos con especias que se ordenaban junto al
mostrador y Rita acercó el carrito con María Elena
a una zona donde había unos saquitos con algas.
Luego se acercó al pez y le dijo en voz baja:

—Estas plantas tal vez te recuerden a tu hogar
en el río.

Había varios clientes y mientras esperaban
a que les llegara su turno, los dos niños comenzaron
a quejarse.

—Nos aburrimos, abuelo –dijo Tomik.

—Esto es un rollo –protestó Marek.

—¿Quiere que salga un rato con ellos?
–sugirió Rita.

—Oh, no, tú debes cuidar la carpa. No te
preocupes, los niños pueden jugar fuera, no pasan
coches y no hay peligro –dijo el señor Flander.
Luego se dirigió a sus nietos–: Salid, chicos, y no os
mováis de la plaza, allí podréis jugar mientras Rita
y yo hacemos la compra.

—¿Y a qué jugamos? –preguntó Tomik.

—No sé, a lo que queráis.

—¿A escondernos?

—Sí, a eso, a eso, pero no os escondáis mucho, ¿de acuerdo? –les dijo su abuelo a modo de despedida a la vez que les abría la puerta y les acariciaba al pasar.

Los clientes fueron finalizando las compras y por fin les llegó el turno.

Entre Flander y el tendero se había tejido una entrañable amistad a base de bromas, charlas y compras gracias al contacto diario.

El profesor preguntó por el género y comenzó a comprar algunas cosas. Mientras, Rita observaba y de vez en cuando miraba a María Elena, que parecía tranquila en el barreño. Se fijó en el pez. La carpa era un pez hermoso, grande y proporcionado, que brillaba como un diamante en el agua. Su visión le transmitía a Rita una sensación agradable, como la que sentía cuando miraba el mar.

De repente, el pez comenzó a moverse intranquilo en el barreño.

"Algo le inquieta a María Elena, tal vez ha ocurrido algo", se dijo Rita al observar al animal nervioso.

Al momento se abrió la puerta de la tienda y entró una mujer alterada.

—¿Qué ocurre, Zdenka? –le preguntó el tendero.

—¡Algo asombroso! –exclamó ella recuperando el resuello por la impresión–. Parece ser que se ha aparecido el fantasma del hijo del alquimista, el de la leyenda. Todo el mundo está muy alterado, corriendo detrás de él para conseguir la fórmula.

—¡¡¡El fantasma del hijo del alquimista!!! –exclamó sorprendido Flander.

El tendero, que le conocía bien, le preguntó:

—Me resulta extraño que no supieras que eso iba a ocurrir. ¿No has leído hoy su horóscopo?

—Sí lo he leído, amigo Piotr, y en él me avisaba que viviría un acontecimiento inesperado,

pero no podía imaginarme que se trataba de esto…
¡Por fin ha llegado el día en que ha aparecido el
fantasma!!! –luego se giró hacia Rita y la apremió–:
Vamos, Rita, tenemos que ir a buscar a los niños
e intentar dar con el fantasma. ¡¡Es increíble!!

Sin embargo, la niña, que no había olvidado
las palabras de su tío Daniel, se quedó pensativa.

La señora Zedenka se había tomado el vaso
de agua que le había ofrecido el tendero para calmarse
y Piotr, apoyando los dos brazos en el mostrador, dijo:

—Parece que Rita es la única que no se vuelve
loca como todos vosotros cuando oye la palabra
"oro".

Ella giró la cabeza y miró a María Elena.
La carpa seguía moviéndose inquieta en el barreño.
"Yo diría que esta carpa quiere decirme algo. Parece
absurdo, pero es así. Bueno, el profesor se deja guiar
por los horóscopos y yo lo hago por el instinto
de este animal", pensó Rita.

—Espere, señor Flander –reaccionó la niña.
Luego se dirigió a la señora Zdenka y le preguntó–:
¿Puede decirnos cómo era ese fantasma?

—Sí, desde luego, tenía un aspecto
muy fantasmal.

—No te entretengas, Rita, los niños pueden
estar en peligro, un fantasma descabezado anda
suelto –insistió el profesor abriendo la puerta antes
de salir por ella. Sin tiempo que perder, el tendero
Piotr, Rita y María Elena le siguieron.

7

Encontraron a Tomik junto a la puerta, escondido tras uno de los toneles que decoraban la entrada.

Los dos hombres, la niña y la carpa sintieron la fuerza de un gran número de miradas, y al girarse observaron a varias personas a su alrededor.

—Es él, no cabe duda –gritaban unos.

—¡El fantasma del hijo del alquimista! –exclamaban otros.

—¡¡Él conoce la fórmula para convertir las cosas en oro!! –aullaban los que se unían a la multitud.

Todos señalaban a Marek, que se encontraba a escasos metros de ellos. Se había subido el jersey y el abrigo, y con la cabeza tapada por las prendas buscaba a su hermano jugando al escondite.

El señor Flander miraba a la multitud y a su nieto sin comprender la confusión.

Fue Rita la que se encaminó hacia el niño y habló a las personas que los rodeaban.

—Se han confundido –les dijo mientras intentaba bajar el jersey y el abrigo del niño–.

Este no es un fantasma, si no un niño que está
jugando a esconderse, je, je.

Las personas callaron por un instante. Pero
Rita, por más que lo intentaba, no conseguía bajar el
abrigo del niño.

—¡¡Se ha atascado la cremallera del abrigo!!
–decía.

La gente, impaciente por comprobar cómo la
niña demostraba sus palabras, comenzó a murmurar
al ver que la cabeza del niño no aparecía.

—Un momento, por favor –les dijo Rita con
una sonrisa nerviosa. La cremallera no baja, pero no
se preocupen, este no es un fantasma, es un niño de

verdad, se lo digo yo, que le conozco muy bien. Es un poco travieso y ha crecido tanto que el jersey le queda pequeño, je, je.

Sin embargo, la cremallera no cedía y Marek, pensando que Rita estaba jugando con él, comenzó a moverse y con los brazos extendidos empezó a decir:

—¡Uuuuu, soy un fantasma!

Aquello les bastó a los presentes que, de nuevo, comenzaron a gritar:

—¡¡Es el fantasma!! Esa niña nos quiere engañar y quiere llevárselo consigo para que le dé la fórmula!!

La cremallera no cedía, el cuello del jersey era muy estrecho y la multitud cada vez se enardecía más.

"Piotr tiene razón, se han vuelto locos al pensar en el oro. Les hablaré con seriedad y aplomo, utilizaré palabras muy rimbombantes y así les impresionaré y convenceré", pensó Rita. Inspiró, y poniendo voz seria y grave se adelantó y dijo:

—Excúsenme, queridos vecinos y, si los hubiera, visitantes de Praga. He de decirles que, sin lugar a dudas, todos ustedes se hallan en un lamentable error. Soy conocedora de la increíble leyenda del alquimista y su hijo, y por ello creo que sin duda han confundido a este niño, que jugaba de forma inocente a esconderse, con el fantasma.

Las personas que la rodeaban se quedaron impresionadas ante la elocuencia de la niña, que hablaba despacio, articulando muy bien las palabras y con una voz de presentadora de programas serios. Incluso Marek se había quedado quieto. "Los tengo en el bote", pensó Rita y continuó.

—Ustedes, sin un ápice de mala voluntad, han errado en su juicio, y lo lamento. Respeto profundamente la leyenda y las tradiciones de Praga. Pero les pido que dejen de asustar a esta pobre criatura cuyo único delito ha sido crecer más de la cuenta y tener un jersey que sus padres le han comprado en rebajas y el cual ha encogido.

Los presentes compungidos de pena ante el discurso de la niña se miraron unos a otros avergonzados por su credulidad. Poco a poco los congregados comenzaron a dispersarse. Rita tomó a Marek por un brazo y lo llevó junto a su hermano, su abuelo y el tendero.

—Vamos a ver si podemos desabrochar esta cremallera –dijo Piotr cuando llegaron a su lado.

La plaza había quedado en silencio y medio vacía. Sin embargo, un hombre de nariz aguileña y cara de pájaro, que había sido expulsado de un colegio por mal profesor, gritó:

—¡¡Un momento, los niños no hablan así!!

Rita se giró y observó cómo el hombre pajaril la señalaba con el dedo a la vez que peroraba:

—¡¡No puede ser que una niña de esa edad hable de ese modo, eso es imposible, eso solo puede ser obra de una… bruja!!

—No le hagas caso ni digas nada, Rita –le advirtió el tendero, al observar que la niña, indignada, se disponía a contestarle.

Ella intentó olvidarse de aquel hombre tan desagradable y se esforzó en bajar la cremallera del abrigo de Marek. Sin embargo, no lo conseguía.

—¡No es una niña, es una bruja! –insistió el energúmeno.

—¡Me ha llamado bruja! –dijo ella mirando a sus amigos.

—Tranquila, Rita, olvídate de él –la retuvo Piotr.

—¡No lo niega! Es un ser repugnante que quiere llevarse al fantasma del hijo del alquimista. Ya lo anunciaba la leyenda, ¡recordadlo! –insistió el antiguo profesor.

Rita no aguantó más.

—Oiga usted –dijo de mal humor al hombre–. Yo no soy una bruja, soy una niña; y sé hablar así porque he leído muchos libros.

—¡Mirad, no ve la tele, hace cosas raras… lee libros! –bramó el tipo con aspecto de pájaro–. ¡Como las brujas!

Algunas personas se congregaron de nuevo y miraron a Rita de modo extraño. La niña se mostraba cada vez más irritada, pero el individuo no paraba de gritar:

—¡¡Los niños no leen, solo ven la tele o juegan con el ordenador!! ¡¡Es una bruja que se ha adueñado del cuerpo de una niña!!

—Cállese ya y no diga tonterías, Los niños leen libros y aprenden, no como usted!! –reaccionó Rita.

El hombre, que vestía un abrigo de piel, continuó:

—¿Y qué aprenden las niñas como tú en el colegio? ¿Fórmulas?

—¡¡Pues claro!! –respondió ella malhumorada.

Se escuchó un murmullo entre la gente que de nuevo se había congregado y el hombre aprovechó la ocasión:

—Mirad, estudia fórmulas mágicas. ¿Veis como es una bruja?

Un murmullo de aprobación llenó la plaza.

—Que nooooo –dijo Rita haciendo esfuerzos por mantener la calma–, estudio fórmulas en matemáticas, claro, pero luego estudio otras cosas: lengua, conocimiento del medio…

—¡¡Conocimientos secretos!! –aulló el exaltado.

—¡No! –gritó Rita–. Co-no-ci-mien-to del me-dio.

—Qué cosa más rara –dijo una señora mayor que odiaba las golosinas.

—Yo nunca había oído nombrar esa asignatura –afirmó un hombre seco con pinta de solterón a su lado.

—Eso no tiene que ser nada bueno… –añadió una anciana a la que no le gustaban los niños.

Entonces, una mujer que había regresado a la plaza y había escuchado las últimas frases, dijo en voz alta.

—Yo estaba antes en la tienda y la he visto hablar con un pez.

Los congregados, sorprendidos por la afirmación, quedaron mudos, y un silencio espectral se instaló en la plaza hasta que un chillido agudo lo rompió.

—¡Además habla con los animales! Es una bruja!

—¡Quiere llevarse al fantasma sin cabeza! –se sumó otra.

Y, como ocurre a menudo cuando alguien entre una multitud se pone a gritar, los demás comenzaron a imitarle sin saber muy bien por qué.

En unos instantes la plaza se convirtió en un clamor que acusaba a Rita de ser una bruja y a Marek de ser la encarnación del fantasma del hijo del alquimista.

Rita buscó a su alrededor y vio un estrecho callejón que partía junto al tonel de la entrada. Luego miró a Flander y le dijo:

—Lleve a Tomik y a María Elena a casa, nos veremos allí.

A toda velocidad, Rita tomó al niño por la mano y se internó por el callejón mientras a su espalda crecía el griterío.

8

—¡Corre, Marek, no te preocupes, pronto estaremos a salvo! –le dijo Rita mientras llevaba por el callejón al niño de la mano. Sin embargo, el chaval, pensando que estaba jugando, reía sin parar mientras corría.

—¡El fantasma! –gritó un hombre con el que se toparon de frente.

Rita se internó por otra calle, pero las voces que gritaban anunciando que el fantasma se encontraba cerca aumentaban a su alrededor.

De repente la niña vio ante sí una mano muy grande que asomaba de un estrecho callejón y le indicaba que se detuviera. El dedo índice de la manaza se movió y les hizo señas para que se acercaran.

Las voces de sus perseguidores sonaban cada vez más cercanas y Rita decidió seguir la indicación y entrar en el oscuro pasadizo.

Marek, aún con la cabeza tapada por las prendas, sintió miedo de modo instintivo y se aferró al brazo de Rita.

Una figura enorme se alzaba ante ellos de espaldas. Se trataba de un hombre muy grande que ocupaba todo el espacio del callejón y los miraba por encima del hombro.

—Rita, tengo miedo –susurró el niño.

—Tranquilo, Marek, yo estoy contigo, no está pa-pa pasando na-na na-nada –dijo Rita dirigiéndose al niño sin poder evitar el tartamudeo ni un temblor.

El ser inmenso hizo un gesto con la mano para que lo siguieran.

Rita escuchó los pasos de algunos de sus perseguidores y aferrando la mano del niño siguió a aquel individuo, que caminaba descalzo delante de ellos.

Al llegar al final del callejón el ser, que vestía un pantalón sencillo y una camisa, se dio la vuelta y le indicó a Rita que guardara silencio. Se trataba de un hombre extraño. Tenía la cabeza rapada al cero y sus ojos grandes y rasgados eran lo único que llamaba la atención de su rostro inexpresivo.

A pesar de su aspecto, aquel ser le inspiraba confianza.

—Vivimos en una casa que tiene un escudo con un león rojo. ¿Nos puedes llevar allí? —le pidió Rita.

El extraño individuo afirmó con la cabeza. Luego, con un ademán, pidió calma a la niña y miró a ambos lados de la calle. Al comprobar que no había nadie, el hombre avanzó seguido de los niños hasta alcanzar un nuevo y desierto callejón.

De este modo, atravesando pasadizos y pasajes solitarios, aquel ser guió a los niños. Pronto, a través de un callejón, alcanzaron el puente de las esculturas. Allí, escondidos bajo uno de sus arcos, el gigante miró a Rita y le señaló la casa del león rojo, que quedaba a pocos metros.

—¿Por qué no hablas? –le preguntó.

El ser se llevó las manos a la boca y negó con la cabeza.

—¿No puedes? ¿Eres mudo?

El gigante, con la tristeza reflejada en el rostro, respondió con una afirmación y Rita no pudo evitar sentir en esos momentos una profunda ternura.

Luego el individuo señaló a Marek y se tocó su propia cabeza.

—Verás, estaba jugando, se ha metido la cabeza debajo del jersey y del abrigo y ahora no puede sacarla. Por eso la gente le ha confundido con el fantasma hijo del alquimista que encontró la fórmula, el de la leyenda, y a mí con una bruja, esto es la monda.

El gigante gesticuló con humildad.

—¿Quieres acercarte a él?

El ser hizo un gesto afirmativo.

La niña le cedió el paso y el extraño ser
se agachó junto Marek. A pesar de sus grandes
manos y sus dedos abultados, movió la cremallera
con suavidad y la bajó. Luego, ayudó al niño a sacar
la cabeza de debajo del jersey.

Marek, al sentirse libre, estiró el cuello sonrió
al hombre que le había ayudado.

—*Ahoi* –saludó el niño.

Y en la cara de aquel extraño individuo
se dibujó una sonrisa.

—Gracias por habernos traído a casa, amigo.
Él se llama Marek y yo Rita –le dijo ofreciendo
su mano.

El hombre le tendió la suya y sonrió a la niña.

Luego Rita tomó a Marek de la mano y corrió
en dirección a la casa del león rojo.

El extraño ser observó cómo los niños
llamaban a la puerta y esta se abría y desaparecían
en el interior de la vivienda.

9

—¡Ha sido increíble! ¡Inaudito! Toda esa gente ha pensado que Marek era el fantasma del hijo del alquimista –exclamaba el profesor Flander.

—Y a mí con una bruja –dijo Rita, que junto al niño tomaba un chocolate caliente que les había preparado el hombre. Tomik y María Elena observaban la escena en silencio.

—No comprendo cómo han podido creerlo –continuaba Flander.

—Por lo mismo que le ocurrió a aquel rey Rodolfo –respondió Rita mientras mojaba un bizcocho en la taza–: Por la fiebre del oro. Esas personas tienen tantos deseos de encontrar el fantasma que les desvele la famosa fórmula, que han creído verlo en Marek.

—Sí –dijo pensativo Flander–. Este debe de ser el acontecimiento imprevisto que me anunciaba el horóscopo.

Rita dio un bocado al bizcocho y miró al hombre.

—No se preocupe, señor Flander. Todo está solucionado, no habrá más acontecimientos raros.

Hemos encontrado un amigo que nos ha ayudado a regresar y ha arreglado las cremalleras del jersey y el abrigo de Marek –dijo sin querer contar nada del aspecto del extraño individuo al supersticioso señor Flander–. Nadie le confundirá más con el fantasma. Podemos volver a salir tranquilos por la ciudad.

—Me temo que de momento eso no va a ser posible, Rita.

—¿Por qué? –preguntó ella alarmada.

—Mucha gente te ha visto huir con el que creían el fantasma sin cabeza y piensan que eres una bruja. Praga es muy pequeña y la noticia habrá corrido como la pólvora.

—Oh, han sido solo algunas personas las que han dicho esa tontería. Además, no creo que se hayan fijado en mí.

Se escuchó un chapoteo procedente del barreño donde se encontraba María Elena. Rita se levantó y se acercó a la carpa.

—¿Crees que sí?

El pez movió de nuevo su cola con fuerza para reafirmar su respuesta.

—Tú lo has dicho antes, Rita; la fiebre del oro hace que la gente se vuelva loca… y que no olviden una cara si ella les puede conducir a su botín. He hablado con Piotr y ha decidido cerrar la tienda. Tanto a él como a Tomik y a mí nos vieron contigo y es mejor que no nos dejemos ver por las calles de Praga hasta que no se calmen los ánimos –dijo el señor Flander.

—Bueno, pues esperaremos a que regresen mi tío Daniel, Emil y Eva, y entonces todo se arreglará –argumentó Rita.

Con cara preocupada, el padre de Eva respondió:

—Tal vez, pero eso tardará en suceder. Tu tío me ha llamado al móvil. Han tenido una avería en el coche y se se han visto obligados a alojarse en la casa de unos campesinos que les han ayudado.

—¿Cuándo regresarán? –preguntó alarmada Rita.

—Cuando puedan, no lo saben. Se encuentran en una zona rural cercana a Praga, pero de difícil acceso. Han de buscar un taller para arreglar el coche. Además, es un lugar sin apenas cobertura y la comunicación se ha cortado.

—¿Y vamos a permanecer encerrados hasta entonces? –preguntó alarmada la niña.

—Me temo que es lo mejor.

Con un chapoteo, María Elena confirmó las palabras del señor Flander.

—Además –concluyó el hombre–,
el horóscopo dice que mañana es una jornada
en la que nos conviene estar tranquilos.

Los dos niños habían comenzado a jugar. Rita
permaneció cabizbaja, derrotada. Había acudido con
la ilusión de conocer la ciudad de la que tanto había
oído hablar por la belleza de sus palacios, sus cafés
con pasteles y sus teatros. Y ahora debía permanecer
en aquella casa, en el centro de Praga y sin poder
salir.

El señor Flander se acercó a ella y le acarició
un hombro en un gesto de consuelo.

—Lo mejor será que nos pongamos cómodos
y organicemos la casa, tendremos que pasar aquí
algunos días –dijo.

—Está bien, le ayudaré –aceptó Rita.

10

Dedicaron el resto de la mañana a comprobar las existencias que había en la nevera y la despensa. Después de la merienda, Rita pasó el rato leyendo y más tarde salió a pasear con María Elena por el patio vallado que se encontraba en la parte posterior de la casa.

Desde allí la niña podía divisar la silueta oscura del castillo al atardecer. Las agujas de la catedral se estiraban hacia el cielo y destacaban en el conglomerado de edificios que se encontraban dentro del recinto amurallado. Era un lugar hermoso y a la vez misterioso.

La noche fría cayó con rapidez sobre la ciudad y los ruidos se fueron apagando poco a poco.

Rita se acordó del hombre que la había ayudado a escapar y pensó que tal vez se encontraría a esas horas en alguna de las calles vacías.

Escuchó un chapoteo suave en el barreño.

Se daba cuenta de que la carpa intentaba comunicarse a través de sus movimientos, al igual que el extraño individuo.

—Tienes razón, María Elena, vamos dentro, comienza a hacer frío –respondió mientras empujaba del carrito.

Por la mañana, Rita abrió la ventana del cuarto de invitados y vio frente a ella el castillo. El edificio, que la noche anterior le había recordado una morada de brujas, a la luz del día se le aparecía como la residencia de las hadas buenas. Había dormido profundamente y, descansada y con la mente despierta, observaba el edificio a la vez que pensaba. Una idea comenzó a germinar en su cabeza, y después del desayuno ya había tomado una decisión.

Los gemelos leían unos cuentos sobre la alfombra y María Elena, en la bañera, nadaba para estirar la aletas. El ambiente era el de un hogar

tranquilo y placentero. Rita buscó al señor Flander
y, tras dar muchas vueltas, vio una puerta abierta
junto a la cocina y unas escaleras que descendían.
Conducían a un desván que se hallaba en la parte
inferior de la casa. Allí encontró al hombre ante una
gran rueda de madera con muchas líneas y bonitos
dibujos.

—Ah, Rita, estás aquí –le dijo el señor
Flander girándose al percibir su presencia. A su lado,
sobre una mesa, había varios papeles con tablas
numéricas–. Esto es un círculo astrológico, ¿te gusta?

—Sí –respondió ella.

—Estoy leyendo lo que anuncia el horóscopo
para hoy y mañana. Aunque debamos permanecer

en casa, conviene saberlo. Me falta muy poco, ahora termino.

Rita esperó paciente mientras observaba los dibujos que representaban las estaciones del año en la rueda astrológica.

El señor Flander terminó de medir con una regla una tabla de estrellas y se volvió hacia ella sonriente.

—Bien, ya está. ¿Quieres que te cuente lo que nos depara el día de hoy y mañana? –le preguntó.

—No, señor Flander –le dijo ella muy seria.

El hombre se dio cuenta de su gesto grave.

—¿Ocurre algo?

—Quiero ir al castillo. Mi tío dijo que allí está el laboratorio del alquimista italiano, el de la leyenda. Su diario tiene que estar en ese lugar. Si lo encontramos, se aclarará todo y nadie pensará que soy una bruja ni volverán a perseguir a niños a los que se les atascan las cremalleras.

—Pero, Rita. Eva, Daniel y todo un equipo de profesores han rastreado palmo a palmo el laboratorio buscando el diario, y no han sido capaces de dar con él.

—Necesito ir e intentarlo yo, tal vez se les ha escapado algo.

—No sé si sabes lo que dices; en ese equipo hay personas muy expertas.

—Lo sé —respondió Rita con seguridad—, pero tengo que ir.

El señor Flander se rascó la barbilla y, mirando por encima de la montura de sus gafas, dijo:

—Miraré de nuevo el horóscopo para ver si dice algo de expediciones al castillo.

—No se moleste —le interrumpió ella.

—No es molestia, en los astros está escrito el futuro, nos dicen lo que va a pasar.

Rita tímidamente respondió:

—Yo creo que si las personas no actuamos o pensamos, no ocurre nada.

—¿Cómo, no crees en los horóscopos?

—Creo que tenemos que intentar solucionar las cosas cuando hay problemas y ayudarnos unos a otros. Por eso le pido que, por favor, me indique en un plano, si lo conoce, el lugar donde se encuentra el laboratorio del alquimista.

Flander quedó impresionado ante las palabras de la niña.

—¿Y piensas ir sola?

—Sí, no quiero poner a los niños ni a usted en peligro. Si no le importa, me llevaré a María Elena.

—Vaya, no quieres saber nada del horóscopo, pero te fías de una carpa que es nuestra cena de Nochebuena.

—Me gustan los animales. Y María Elena es un ser vivo y tiene instinto, puede ayudarme.

Flander sonrió ante las palabras y la audacia de la niña. Sin embargo, una sombra apareció en su mirada.

—No puedes salir de casa, Rita; hay personas que piensan que eres una bruja y te están buscando, recuerda.

—He pensado en ello –contestó la niña–. Iremos de noche

—Eso no es posible.

—Yo no tengo miedo.

—Te creo, Rita –dijo el señor Flander, que encogió los hombros y abrió los brazos antes de concluir–. Pero de noche el castillo está cerrado y vigilado; es imposible entrar allí.

11

Después de comer, Rita y los gemelos fueron al patio y jugaron al *hockey* sobre la nieve con una pelota de tenis.

Habían puesto a María Elena en una gran pecera para que pudiera ver el partido y la carpa aplaudía con sus coletazos las jugadas más vistosas. Marek y Tomik jugaban con habilidad, y Rita, que hacía lo que podía, no terminaba de concentrarse en el juego. A pesar de que mantenía el *stick* en su mano y corría tras la pelota, no dejaba de darle vueltas a la cabeza.

En una jugada, Tomik lanzó la pelota junto a la valla y Rita se dirigió a por ella.

—Ahí es donde mis padres ponen la huerta en verano –le dijo Marek señalando el sitio.

Rita, pensativa, se agachó despacio. Luego se incorporó y con una sonrisa en el rostro comenzó a acariciar la pelota con su mano a la vez que pensaba "Ya lo tengo".

Dejó el *stick* y entró rápidamente en la casa para dirigirse a la sala donde se encontraba el padre de Eva.

—Señor Flander –le dijo–, creo que ya sé cómo puedo solucionar el problema.

—¿Cuál? ¿El de la cena de hoy? –le preguntó el hombre mientras dejaba el libro que tenía en sus manos sobre una mesa.

—No, el de ir al castillo para ver el laboratorio del alquimista.

—¿Estás segura?

—Sí.

—¿Y bien?

—Archimboldo –respondió Rita con una sonrisa.

12

El tendero Piotr no tardó mucho tiempo en llegar después de la llamada de Flander. Atardecía en la ciudad y el comerciante, por precaución, llegó envuelto en una capa oscura con la capucha ocultándole el rostro. Había empujado el carro de verduras que le había requerido su amigo por las calles nevadas. Y, con cuidado de que nadie le viera, había llamado a la puerta de la casa del león rojo.

Allí le recibieron con alegría y le hicieron pasar al salón, donde le invitaron a tomar café y un pastel. Una vez hubo recuperado fuerzas, y el color rosado volvió a su nariz, miró sonriente a sus amigos.

—He traído todo lo que me habéis pedido. Con esto, creo que tenéis verduras suficientes para pasar unos días sin salir de casa. No debéis hacerlo al menos hasta que pase el día del solsticio. La gente anda como loca buscando a Rita y al fantasma por las calles.

—Gracias, señor Piotr, pero creo que no nos vamos a comer todas esas verduras –le dijo Rita.

El tendero no pudo evitar un gesto de sorpresa. Flander asintió con la cabeza a las palabras de la niña, y María Elena, que se encontraba sobre la gran pecera que había colocado en una mesa, dio un coletazo en el agua.

—¿Qué vais a hacer entonces con ellas?

—Las utilizaremos para hacer un disfraz –respondió Rita.

—¿Cómo?

—Del mismo modo que hacía el pintor Archimboldo con sus personajes. Construiremos una cabeza falsa con las verduras. Así, mañana subiré al castillo disfrazada, tengo que ir a buscar una cosa al laboratorio de un alquimista.

—¿En serio? Se rumoreaba en la ciudad que unos expertos estaban investigando en el laboratorio del alquimista italiano, el favorito del rey Rodolfo, el de la leyenda.

Rita miró al señor Flander antes de contestar. Había hecho la promesa a su tío y a Eva de no hablar de sus trabajos. Sin embargo, Piotr, era un amigo y había acudido sin dudar en su ayuda. Le contaría algo.

—Mi tío es uno de esos expertos. Saben que existe un documento muy importante que perteneció al alquimista, pero no han conseguido encontrarlo. Yo creo que debe estar en el laboratorio y que, si lo encuentro, puede ayudarnos a solucionar este lío del fantasma y la bruja.

—Debes de tener mucho cuidado, Rita. He oído decir que hay personas que han llegado incluso a ofrecer una recompensa a quien consiga dar con Marek y contigo –dijo el tendero.

—No te preocupes, Piotr; con ese disfraz, nadie me reconocerá –respondió la niña.

—Si queréis os ayudo.

—¡De acuerdo! –exclamaron a la vez ella y el señor Flander.

Con ayuda de Tomik y Marek compilaron las pinturas y botes de pegamento que había en la casa y descolgaron los cuadros de Archimboldo para verlos mejor. Luego, se instalaron alrededor de la gran mesa que había en la cocina y, entre todos, comenzaron a preparar el disfraz.

13

Por la mañana muy temprano, Rita, con la ayuda de Flander y el tendero Piotr, que se había quedado a dormir, se colocó el disfraz. Llevaba por cabeza una calabaza que habían vaciado y pintado. Una zanahoria hacía de nariz, varias hojas de espinaca simulaban su pelo y otras dos pequeñas zanahorias hacían de pendientes. Las cejas estaban

hechas con la piel de una patata y las orejas eran
dos trozos de calabacín tallados y pintados.

Habían acomodado a María Elena
en el barreño y el carrito.

Estaba dispuesta para la marcha.

El tendero Piotr salió para echar una ojeada
y, cuando vio el camino libre, emitió un silbido.

Flander abrió la puerta y Rita pisó la nieve
de la calle.

—Ni el mismo Archimboldo lo habría hecho
mejor –dijo Piotr.

—Buena suerte –le deseó Flander–. Recuerda:
si tienes algún problema, llama con el móvil, que te
he dado al número de Piotr.

—De acuerdo –contestó Rita hablando
a través del agujero que había en la calabaza
para simular la boca.

Los hombres entraron en la casa y Rita
escuchó cómo la puerta se cerraba a sus espaldas.
Luego alzó la vista y vio ante ella la silueta del
puente de las estatuas. Miró a la carpa y dijo:

—Allá vamos, María Elena.

Aunque el sol había iniciado su lento ascenso,
una espesa bruma procedente del río flotaba en
el aire y creaba un ambiente lóbrego alrededor
de las orillas. Rita y María Elena avanzaron y se
sumergieron en la neblina. Alcanzaron las escaleras

y accedieron al puente, en la orilla opuesta de donde se encontraba el castillo. En cada uno de los dos extremos se levantaba una torre de piedra oscura y tejado de aguja, como las moradas de dos brujas.

El lugar se encontraba vacío a esas horas de la mañana. Las estatuas de piedra negra a los lados parecían vigilar el paso y un halo de misterio envolvía el lugar. Algunas de ellas representaban a un santo o una persona en actitud penitente. Otras, en cambio, a grupos de individuos muy juntos, en distintas posiciones.

La bruma corría por el puente empujada por un viento invisible, mientras Rita y María Elena avanzaban paso a paso sobre la nieve. El silencio

era absoluto y las pisadas y las ruedas del carrito resonaban en la mañana. La niña y la carpa miraban atemorizadas, como si temieran que aquellos sonidos pudieran despertar a las estatuas, que permanecían inertes.

María Elena chapoteó nerviosa en el barreño.

—Tranquila, no tengas miedo –le susurró la niña.

La neblina que surgía del río envolvía a las figuras oscuras talladas en piedra.

A pesar de sus palabras, Rita también estaba asustada.

Miró a un lado y observó una estatua que formaba parte de un grupo escultórico y representaba la figura de un hombre con cara de enfado y que empuñaba una espada. Un escalofrío recorrió su espalda.

"Contaré las esculturas una y otra vez y así me olvidaré de cosas raras", pensó. Así, mientras caminaba, la niña fue contando las figuras que había a ambos lados del camino.

"Qué raro, el señor Flander dijo que había treinta esculturas y yo he contado treinta y seis. En fin, tal vez escuché mal", pensó Rita mientras contaba una y otra vez las figuras para ahuyentar el miedo.

Había nevado durante la noche y, a medida que avanzaba, las ruedas del carrito se llenaban de nieve y cada vez costaba más moverlo. El carrito se atascó.

—Tranquila, María Elena, no es nada las ruedas se han bloqueado por la nieve –dijo la niña a su amiga hablando en voz baja.

Rita se agachó para retirar la nieve y en ese momento la calabaza tras la que ocultaba su cabeza cayó al suelo. Se sintió observada y miró a uno y otro lado asustada. Luego cogió la verdura y la colocó sobre sus hombros.

"Uf, qué suerte, no había nadie alrededor", pensó Rita a la vez que miraba de reojo la figura que se encontraba a unos

centímetros de ella. Representaba a un santo vestido con una gruesa piel de animal que miraba al cielo mientras sostenía un largo bastón con una mano. "No debo asustarme, no es más que una estatua de piedra", concluyó antes de reanudar la marcha.

Rita y María Elena avanzaron despacio y no tardaron en llegar a la torre que se encontraba al final del puente. Allí descansaron un rato bajo su arco.

—Tenemos que llegar al laboratorio antes de que los turistas lo hagan. De otro modo no podremos investigar ni buscar tranquilas el diario —dijo la niña mirando a la carpa.

El pez asintió con un coletazo ante las palabras de su amiga.

Y así, aquella figura extraña que empujaba un carrito comenzó a ascender la cuesta que conducía al castillo, sin percatarse de que varias sombras seguían sus pasos.

14

La entrada principal del castillo estaba custodiada por una guardia. Los soldados permanecían rígidos junto a la puerta abierta, en posición de firmes con la mirada puesta en el infinito.

—Buenas alcachofas…, quiero decir buenos días –les saludó Rita.

Los militares no vieron nada amenazante en aquel extraño personaje de cabeza grande y nariz puntiaguda y no se inmutaron mientras la niña y la carpa accedían al castillo.

Tras atravesar un patio y dos puertas con grandes arcos de piedra, Rita se detuvo en el exterior de una de las naves laterales de la catedral.

De uno de sus bolsillos sacó el plano que le había dibujado Flander.

—Debemos dirigirnos a la calle de los alquimistas y encontrar la casa donde vivió Gatuso. Está muy cerca de aquí y, según ha dicho el señor Flander, cualquiera puede visitarla.

María Elena asintió con un coletazo.

Rita creyó escuchar algo parecido a un ligero chasquido a la vez que el pez golpeaba el agua. "Es temprano, y según dijo el señor Flander es raro que a estas horas haya visitantes en el castillo", pensó. Se inclinó hacia la carpa y le indicó que permaneciera en silencio. María Elena se apoyó con suavidad en el fondo del barreño y se quedó quieta y alerta, al igual que su amiga.

Ahora Rita no tenía dudas. Los sonidos que percibía eran pasos sobre la nieve. Muy despacio, y empujando el carrito con suavidad, la niña retrocedió y se escondió junto a una puerta que se encontraba tras unos arcos tallados con relieves. La niña pegó su cuerpo contra la piedra para ocultarse. Las pisadas sonaban cada vez más cerca. Rita respiraba sin hacer ruido para evitar ser descubierta. Miró hacia los arcos que tenía frente a ella y vio los relieves de varias figuras monstruosas. Estuvo a punto de gritar, pero se contuvo y cerró los ojos.

Sin embargo las pisadas sonaban cada vez más cerca. Se estaban aproximando a ellas, no tenía duda. La niña abrió los ojos y observó con pavor las huellas que sus pisadas y las ruedas que el carrito había dejado en la nieve, mostrando un rastro evidente.

Estaban muy cerca.

Los sonidos de varios pares de pies al contacto con la nieve se arrastraban a escasos metros, acercándose. Unas sombras oscuras de formas

irregulares se proyectaron en la blanca nieve que
estaba a sus pies. Y Rita y María Elena percibieron
las respiraciones extrañas de las criaturas que
estaban a punto de llegar a su lado.

15

—Rita, ¿estás ahí? –preguntó una voz.

Ella asomó la cabeza y vio las cuatro figuras. Una de ellas era ancha y alta, otra delgada y las dos restantes pertenecían a niños. Vestían como humanos y distinguió que sus cabezas estaban compuestas por verduras, al igual que la suya.

—Somos nosotros –insistió la voz.

—¿Señor Flander? –preguntó ella.

—Sí, soy yo, aunque lleve por cabeza una sandía.

—Hola, Rita –dijeron Marek y Tomik, que escondían la suya tras dos coliflores vaciadas.

—*Ahoi* –se sumó la voz del tendero Piotr, que llevaba encima de los hombros una calabaza de mayor tamaño que la de Rita.

María Elena, que se había asomado al barreño, apoyando sus aletas en el borde los miró sorprendidos al igual que su amiga.

—Tenías razón, Rita; las personas debemos actuar cuando hay problemas y ayudarnos unos a los otros –dijo Flander–. Somos nosotros los que hacemos que ocurran las cosas.

—Teníamos verduras de sobra y no nos ha costado mucho hacer más disfraces –añadió Piotr–. Te ayudaremos a encontrar el diario del alquimista.

—¡Sí, te ayudaremos! –repitió alegre Marek.

—¡Claro, iremos con Rita! –exclamó Tomik.

Rita agradeció la ayuda a sus amigos y María Elena hizo lo mismo con un salto en el barreño.

Luego, los seis se dirigieron hacia el laboratorio
del alquimista Gatuso.

Dejaron atrás la catedral y tras bajar
una pequeña cuesta llegaron al lugar.

—Esta es la calle. Aquí vivieron las personas
que llegaron de todos los lugares del mundo
y dedicaron su vida a buscar la fórmula. En una de
estas casas está el laboratorio –dijo el señor Flander.

Era una pequeña calle de casas pequeñas
y bajas pintadas en diferentes colores.

—También la llaman el callejón del oro
–comentó el tendero Piotr.

—Vaya –exclamó Rita.

Flander dijo:

—La casa y el laboratorio del italiano es
la quinta, está pintada de color ocre.

La niña empujó el carrito con decisión
y los niños, su abuelo y el comerciante la siguieron.
A esas horas de la mañana, los turistas y visitantes
aún no habían comenzado a llegar al castillo y el lugar
se encontraba vacío. No tardaron en dar con la casa
en la que vivió el alquimista Gatuso. La puerta estaba
abierta y entraron.

—Buenos días, la entrada cuesta dos coronas
–les dijo una señora desde el interior, que se
encontraba tras un mostrador y tenía en las manos
un libro de lectura muy gordo. Claro que si quieren
ver el laboratorio del alquimista, son dos coronas más.

La empleada, que estaba acostumbrada a ver gentes de diversos lugares del mundo, se extrañó un poco al ver el extravagante aspecto de aquellos visitantes. Sin embargo, recordó las palabras de su jefe: "Hay que ser respetuosos con la forma de vestir y el aspecto de todas las personas por muy exóticas o extrañas que nos parezcan".

—Visitaremos el laboratorio –dijo Flander.

—Total: veinte coronas –respondió Rita.

—Exacto, pero no se permite la entrada a perros ni a gatos –añadió la empleada bajando la mirada hacia el carrito.

—Es una carpa –respondió la niña señalando a María Elena–. ¿tiene que pagar también entrada?

La mujer, que vestía vaqueros y un jersey de lana rojo, dudó y al final respondió:

—No, creo que no. De acuerdo, veinte coronas. La duración máxima de la visita al laboratorio es de diez minutos y está prohibido tocar nada de lo que hay allí –dijo hablando de modo maquinal.

Piotr y Flander asintieron y pagaron. Antes de que el grupo accediera al interior de la casa, la empleada les llamó la atención.

—¿De dónde vienen ustedes?

Flander, Piotr y Rita se miraron desconcertados.

—Debo anotarlo para las estadísticas del Departamento de Turismo –les aclaró la mujer.

—Somos de Patatistán –reaccionó Rita.

—¿Patatistán?

—Sí, claro, el país que está junto a Chicleguistán. Pero nosotros somos patatistanos, no se confunda.

"Hay que ver qué países y qué turistas tan raros" se dijo la empleada mientras escribía el nombre del recién inventado país en una hoja de papel.

—Gracias, disfruten de su visita –les dijo antes de sumergirse de nuevo en la lectura del libro.

Rita parecía sorprendida dentro de la calabaza.

—El laboratorio del alquimista Gatuso no es un misterio, puede entrar cualquiera.

—Ahora sí –le respondió el señor Flander–. Durante el tiempo que tu tío, Eva y los demás profesores han llevado a cabo su investigación

ha permanecido cerrado, pero normalmente
el acceso es libre.

—Siempre que se pague la entrada y no
se toque nada –recordó el tendero Piotr–. Las casas
de los alquimistas y sus laboratorios son un reclamo
para el turismo.

Accedieron a la pequeña cocina de la vivienda
y Rita husmeó un poco mientras Flander procuraba
que sus nietos no armaran mucho jaleo.

—Aquí no hay nada interesante, será mejor
que vayamos al laboratorio –señaló Rita.

La casa de techos bajos era muy pequeña, y lo
que debió de haber sido el laboratorio

del alquimista resultó ser un habitáculo iluminado por un minúsculo ventanuco. Algunas lámparas de aceite colocadas sobre soportes de metal iluminaban el espacio y varias estanterías se distribuían de modo ordenado.

En todas ellas había recipientes y frascos con una etiqueta indicando su contenido. Algunos cubos y recipientes se alineaban en el suelo muy cerca de un lugar oscurecido por el humo. En una pequeña despensa se guardaban algunos cachivaches y objetos mecánicos antiguos, y junto a una pared había una rueda astrológica parecida a la que tenía el señor Flander en el desván. En esta, en diferentes casillas, aparecían escritas las letras del abecedario.

—Dicen que el laboratorio está tal y como lo dejó el alquimista –señaló Flander.

—A mí me parece un poco raro –respondió Rita, que se encontraba junto a una gruesa mesa de madera que ocupaba la parte central de la estancia–. Esto está demasiado ordenado para ser un lugar de trabajo donde se hacían experimentos e investigaciones.

María Elena permanecía tranquila en el cubo mientras los dos gemelos correteaban por la habitación.

—Niños, portaos bien y estaos quietos –les advirtió su abuelo.

Rita comenzó a palpar las paredes.

—¿Qué haces? –le preguntó el tendero Piotr.

—Buscar el diario del alquimista –respondió ella–. Si el equipo de profesores registró este lugar y no lo encontró, es que tal vez el alquimista lo guardó en algún escondrijo.

—¿Buscas un compartimento secreto?

—Algo así.

Los gemelos habían comenzado a tocar algunos recipientes y su abuelo les riñó de nuevo. El tendero ayudaba a Rita a buscar una señal o una abertura en las paredes que le diera una pista de un escondrijo. Flander no quitaba ojo a sus nietos, que no paraban de reír y se habían acercado a la rueda astrológica.

—No toquéis eso –les advirtió Flander.

Sin embargo, los niños parecían divertirse bajo sus disfraces de coliflor y, entre risas, repetían el nombre del alquimista.

—Gatuso –decía Tomik.

—Gatuti –respondía Marek como si fuera un chiste.

—Gatuso –insistía su hermano.

Su gemelo le respondió con una carcajada y se giró hacia la rueda de madera pintada.

—No la toques –resonaron las palabras de su abuelo.

Pero el niño ya había comenzado a presionar las casillas de las letras que componían el apellido del alquimista italiano.

—Gatuso –concluyó Marek.

En ese momento los seis escucharon un chirrido pétreo y a continuación observaron asombrados cómo una de las paredes se movía muy despacio y se abría un espacio en la pared.

16

Los seis se miraron sorprendidos.

—¿Qué habrá ahí? –preguntó Flander.

—No lo sé, pero creo que debemos ir
a comprobarlo –respondió Rita. Sus amigos la
imitaron y ella tomó una lámpara de aceite y se
internó por el estrecho hueco que se había abierto
en la pared.

Marek y Tomik, que empujaba del carrito,
la siguieron y tras ellos se adentraron Flander
y el tendero Piotr.

Accedieron a un espacio de paredes muy altas
excavado en la roca. Tras dos grandes arcos naturales
había numerosos frascos, botellas y recipientes,
y sobre varias mesas se amontonaban legajos
y papeles. Gran cantidad de libros desordenados
se apilaban en los anaqueles que se hallaban
en dos de los lados de la gran cueva.

Numerosas cazuelas y ollas aparecían
esparcidas por varios sitios y otros recipientes
se encontraban sobre espacios ennegrecidos
por el fuego.

Piotr se quitó la calabaza de la cabeza para estar más cómodo y Flander, los niños y Rita le imitaron.

La niña tomó una antorcha que se encontraba apoyada en una pared y la prendió con la llama de la lámpara que llevaba en la mano.

—¿Qué es este lugar? –preguntó el señor Flander.

—Creo que es el auténtico laboratorio del alquimista Gatuso –respondió Rita.

El agua que se filtraba por una de las paredes había logrado abrir una brecha en ella que con

el paso de los siglos se había convertido en un túnel. El ambiente era húmedo y un viento silbante se colaba por la cueva y provocaba que la llama de la antorcha temblara.

Se oyó un ruido extraño y repetitivo. Rita miró en todas direcciones, pero pronto se dio cuenta de que el sonido se debía al castañeo de los dientes del señor Flander.

—Cre…creo que el fa... fa… fantasma del hijo del alquimista ronda por aquí –dijo sin parar de temblar.

Sus nietos, al oír sus palabras, comenzaron a hacer burla y a jugar a los fantasmas. Piotr sonreía con una risa floja que revelaba su inquietud.

Rita parecía ser la única que tenía consciencia del hallazgo que habían hecho y, sin hacer caso de los sonidos extraños que provocaban las corrientes de aire y el agua, intentó ordenar sus ideas.

"Aquí debe de estar el diario del alquimista, he de encontrarlo para descubrir qué ocurrió y aclarar todo este lío de fantasmas y brujas", pensó. Luego miró a María Elena y le preguntó:

—¿Tú qué opinas? ¿Dónde pudo dejar el alquimista ese cuaderno?

La carpa se movió con ligereza en el agua ante las palabras de la niña.

—Tienes razón, hemos de darnos prisa, alguien podría descubrirnos –dijo Rita, que se había acostumbrado a interpretar el lenguaje corporal del animal. Luego encendió otra antorcha e intentó calmar a Flander y a Piotr para que le ayudaran a buscar el diario. Sin embargo, por mucho que buscaron en las estanterías no dieron con él.

—Aquí solo hay tratados de botánica y de química –dijo Flander, que miraba de reojo al túnel abierto al fondo del laboratorio.

—Y algunos escritos sobre acontecimientos de la época –añadió Piotr.

—Debemos seguir intentándolo –les animaba Rita.

—Hemos hurgado en casi todos los libros y no hay nada; tal vez la existencia de ese diario también sea una leyenda.

—No, mi tío dijo que eso era verdad.

—Igual se confundió.

—No lo creo –dijo Rita con seguridad.

El señor Flander la miró con extrañeza. "Habla con mucha decisión. Tal vez sea de verdad una bruja", se le pasó por la cabeza.

Sin embargo, la niña no utilizaba poderes extraordinarios, sino tan solo su capacidad de pensar.

"Un diario es un cuaderno en el que se escribe todos los días y, por tanto, algo que se utiliza a menudo. Si yo tuviera uno, no lo guardaría en una estantería, ni en un cajón o un escondite. Más bien lo tendría a mano, para apuntar las cosas", se dijo la niña.

Mientras Flander y Piotr buscaban entre
los anaqueles y sus nietos curioseaban entre las ollas
abandonadas, Rita se acercó a la mesa y buscó bajo
los documentos amontonados. Al levantar uno de
ellos quedó al descubierto un cuaderno de tapas
gruesas de color negro.

Rita lo abrió y comprobó que estaba escrito
a mano. Por causalidad el cuaderno había quedado
cubierto por un montón de papeles y gracias a eso
se había conservado intacto a pesar del paso
del tiempo. Estaba escrito en italiano y Rita leyó
las primeras páginas. No tenía duda, aquel era
el diario del alquimista.

Levantó la cabeza para dar noticia del hallazgo a sus amigos cuando un papelito doblado cayó del interior del cuaderno y quedó sobre la mesa.

La niña, picada por la curiosidad, lo desdobló y leyó su contenido. Sus ojos se abrieron como platos y, nerviosa, lo guardó en el bolsillo de su pantalón.

Luego, una vez recuperada de la impresión, levantó la mano en la que sostenía el diario y se dispuso a anunciar su descubrimiento a sus amigos cuando un ruido la detuvo. Procedía de la puerta secreta por la que habían accedido al laboratorio.

Allí, plantada, con una expresión de horror dibujada en el rostro, se encontraba la empleada de la entrada.

Rita dio unos pasos hacia ella e intentó calmarla, pero la mujer comenzó a gritar:

—¡¡¡¡La brujaaaaaaaaa, la brujaaaaaaaaa, socorro!!!! —aulló.

—Espere, no grite; yo no soy ninguna bruja! —explicó la niña.

—Mire, yo soy el señor Flander, estos son mis nietos y este el señor Piotr, el tendero —le ayudó el padre de Eva.

Sin embargo, la mujer gritó aún con más fuerza:

—Auxilioooooooo, la bruja ha venido con

los maestros de los magos y dos gnomooooss, y me amenaza con su libro de hechizos, socorrooooo −continuó gritando la mujer.

El señor Flander lo intentó de nuevo, pero al momento comenzaron a escucharse voces y pasos en el exterior de personas que acudían en respuesta a los gritos.

—¡Déjelo, señor Flander, tenemos que huir! −exclamó Rita mientras recogía la calabaza del suelo y se hacía con el carrito con María Elena.

17

El señor Flander se había colocado en cabeza
e iluminaba el túnel con una antorcha seguido de
sus nietos. Detrás iba el tendero Piotr, que portaba
otra antorcha y Rita, que empujaba el carrito
con la carpa María Elena.

Tras recorrer unos metros, el estrecho y
húmedo túnel desembocó en un pasadizo de suelo
liso. Mientras caminaban deprisa escuchaban a sus
espaldas las voces de algunas personas. Todos habían
recogido sus disfraces y los llevaban consigo.

—¿Nos están persiguiendo? –preguntó
el tendero Piotr nervioso.

—Es muy posible, no se pare –le contestó Rita.

Continuaron avanzando a paso rápido. Pronto llegaron a una gran sala en la que se abrían numerosas entradas. El espacio era muy grande. Aquello parecía el centro de una red de pasadizos y corredores.

Flander miró a Rita.

—¿Es cierto que tienes el diario?

—Sí –le contestó ella a la vez que lo sacaba de uno de los bolsillos de su abrigo–. Aquí está y gracias a él se explicará todo. Pero ahora tenemos que huir.

Los niños se mostraban asustados y el tendero la miró preocupado.

—Sí, pero ¿por dónde?

Rita se giró hacia María Elena.

—¿Tú qué opinas, por cuál de esos túneles podremos llegar al exterior? ¿Por el primero?

Ante la pregunta, la carpa permaneció tranquila en el agua.

—¿El segundo?

María Elena no se movió.

—¿El tercero? –insistió Rita.

La carpa dio un coletazo afirmativo y Rita señaló el pasillo abierto en la pared.

—El tercer corredor nos conducirá fuera.

—Pero Rita, María Elena es una carpa y… –murmuró Flander.

La niña adivinó lo que el hombre le quería decir y le contestó con cariño:

—Señor Flander, confíe en María Elena, ella nos ayudará.

El tendero Piotr asintió y el padre de la profesora Flanderova aceptó la decisión. Esta vez el tendero tomó la delantera con Rita y María Elena siguiéndole los pasos, y Marek y Tomik tras ellas. Flander cerraba el grupo. Algunos ratones corrían espantados ante la presencia de personas en aquel lugar recóndito y abandonado desde hacía cientos de años. Se encontraban en las entrañas del castillo, en un conjunto de pasadizos que conectaban mazmorras y almacenes secretos y dependencias del rey. La erosión causada por el agua a través de los años había abierto un hueco en una de las paredes del laboratorio del alquimista italiano conectándolo con esa red de galerías.

Caminaron durante un buen trecho a través de un corredor que terminaba en unas empinadas escaleras de piedra. Los gemelos ayudaron a Rita con el carrito y ascendieron despacio.

Una vez superado aquel obstáculo, el espacio se ensanchaba. Las paredes ya no goteaban y el suelo estaba seco y embaldosado. Avanzaron y observaron una puerta que les cerraba el paso. Era de madera maciza y bajo ella se advertía un rayo de luz.

—María Elena no ha fallado –dijo Rita–, aquí hay una salida.

—Sí, esta carpa es increíble –confirmó el tendero Piotr.

Los dos niños se agacharon y acariciaron al pez mientras su abuelo admitía:

—Tenías razón, Rita –sonrió el señor Flander antes de preguntar–: ¿Adónde conducirá esa puerta?

—Será mejor que nos pongamos de nuevo nuestros disfraces y lo comprobemos –contestó ella mientras se colocaba la calabaza sobre la cabeza. Luego cogió el carrito con María Elena y avanzó decidida hacia la puerta en la que destacaba un enorme cerrojo.

18

El empleado que se encargaba de cuidar la sala donde se guardaban las vajillas del castillo había pasado parte de la noche bailando en una discoteca y había llegado tarde a casa. Por ello el sueño le invadía sentado como estaba en aquella silla. Para no quedarse dormido se levantó y comenzó a andar.

Un ruido llamó su atención. De repente vio cómo una puerta situada en una esquina oscura de la sala se abría y aparecía una mujer bajita, con la cabeza muy grande que empujaba un carrito con una carpa.

—O… oiga, ¿de dónde ha salido usted? –le preguntó confuso por la sorpresa y la falta de sueño.

—Por favor, no sea maleducado, ¿es que unas no pueden ir al baño de señoras tranquilamente en este castillo? –respondió el ser de cabeza grande con un tono de indignación.

El empleado, a quien sus jefes habían dicho que aquella puerta no conducía a ningún sitio y que siempre había permanecido cerrada, quedó avergonzado y se disculpó.

—Perdone…

A continuación la puerta se abrió de nuevo y cuatro seres igual de estrafalarios que el anterior salieron y avanzaron por la sala.

El empleado se frotó los ojos y saludó azorado:

—Bu… buenos días, señoras.

Luego se quedó plantado en medio de la sala observando cómo aquellos extraños personajes se perdían en dirección a la salida.

—Ha sido una suerte que el cerrojo se pudiera abrir con tanta facilidad –dijo Rita a sus amigos cuando se hubieron reunido.

El señor Flander la miró tras la sandía.

—No sé qué has dicho al hombre de la sala, Rita, pero cuando nos ha visto, nos ha saludado muy educado.

—Sí, ha sido muy divertido ver la cara de susto que tenía –comentó Piotr.

—Le dije que salíamos del baño de señoras –respondió ella antes de añadir–: Ahora tenemos que salir del castillo y acudir a la universidad para entregar el diario.

—Sí –dijo el señor Flander–. El rector Fibich es el jefe del proyecto en el que están trabajando. Eva me dijo que se encuentra estos días en la ciudad, se lo daremos a él. Luego llamaremos a mi hija y a Daniel para comunicarles el hallazgo.

—La universidad no está muy lejos de aquí –comentó animado el tendero Piotr.

—¿Podemos ir andando? –preguntó Rita.

Flander respondió señalando a sus nietos.

—Los niños están muy cansados, será mejor que tomemos el funicular para llegar.

Era cierto. Marek y Tomik ya no bromeaban ni jugaban, y su actitud y sus cabezas de coliflor ladeadas manifestaban fatiga.

—De acuerdo, en marcha –dijo Rita siguiendo la flecha del cartel que indicaba la salida.

Atravesaron un largo pasillo junto al que se abrían varias salas y alcanzaron la puerta de entrada del edificio. Salieron a un gran patio interior del castillo frente al cual quedaba la catedral, con sus pinturas de color oro.

La mañana estaba avanzada y el grupo se mezcló entre los turistas que paseaban contemplando los palacios y el templo. Salieron del castillo por la puerta donde permanecían, quietos como estatuas, los soldados de la guardia.

Esta vez Rita no los saludó. Los nervios por el hallazgo de aquel diario que podía desvelar tantos secretos la hacían caminar concentrada en no

despertar sospechas. Además, algo en su interior le decía que debía mantenerse alerta.

Miró hacia delante y comprobó que María Elena se movía inquieta en el barreño. La carpa también parecía sentir un peligro que, sin embargo, permanecía oculto a sus ojos.

Marcharon por la explanada que se encontraba frente a la puerta enrejada del castillo y siguieron por una calle de edificios de dos plantas. De una manera instintiva los nervios de la niña y la carpa se contagiaron al resto del grupo. Y acuciados por la sombra de un temor incierto, comenzaron a andar deprisa sin ser conscientes de ello. Piotr levantó la mano.

—Esperad, esto es un laberinto de calles y es muy fácil perderse. Hemos de ir por ahí –dijo el tendero Piotr señalando una cuesta ascendente que discurría junto a un alto muro–. Llegaremos a una iglesia; cerca de ella está la estación del funicular.

Los disfraces les obligaban a caminar despacio y esto hacía que se les hiciera aún más fatigoso subir aquella pendiente cubierta de nieve.

Cuando alcanzaron la iglesia, decidieron hacer una pausa, pues los gemelos estaban muy cansados y Flander necesitaba recuperar el resuello.

—No parece que haya gente por aquí, quitémonos los disfraces un rato, para respirar mejor –sugirió Rita.

Sus amigos hicieron caso y todos se quitaron las verduras con las que ocultaban sus cabezas.

El templo era una construcción de estilo barroco con un campanario muy decorado. A sus puertas se extendía un espacio con grandes losas de piedra en el suelo y rodeado por un pequeño muro decorado con numerosas esculturas de niños angelicales.

Los gemelos se habían sentado en un banco, sin importarles la nieve, y su abuelo se recuperaba apoyado en uno de los muretes. El tendero Piotr miraba hacia la dirección donde debía encontrarse

el funicular. María Elena se removía nerviosa
en el agua y Rita miraba a los lados, vigilante.
Unas escaleras con más esculturas ascendían
y rodeaban un edificio anexo a la iglesia.
Nadie paseaba por allí. El lugar estaba vacío.
Rita escuchó algo parecido a un crujido y miró
alterada al lugar de donde procedía el sonido.
Sin embargo, todo parecía tranquilo, nadie se
acercaba. Había sido una falsa alarma.
Impaciente, observó a los niños y a su abuelo.
—Necesito descansar un poquito más. Dos
minutos y estaré listo, Rita —le dijo Flander que
percibió la expresión intranquila de la niña.
El tendero Piotr se acercó a los gemelos y frotó
sus cuerpos con sus manos para transmitirles calor.
En ese momento, Rita percibió un nuevo ruido.
Esta vez procedía de su izquierda, junto a las escaleras
de piedra. Giró la cabeza y no vio nada anormal,
solo las esculturas cubiertas parcialmente por la
nieve. Sin embargo, estaba segura de que había
escuchado algo.
María Elena se removía en el barreño.
Rita miró al tendero asustada.
—Piotr, ¿has oído tú también esos ruidos?
El hombre se giró hacia ella y estaba a punto
de contestarle cuando sus ojos se abrieron de modo
exagerado y en su rostro se dibujó una expresión
de espanto.
—¿Qué ocurre? —preguntó la niña.

El tendero, horrorizado e incapaz de articular palabra, tan solo fue capaz de levantar su brazo tembloroso y señalar hacia un lugar.

Rita se giró y lo vio.

—Varias esculturas que representaban figuras humanas adultas se habían bajado de sus pedestales y los rodeaban, avanzando despacio por la nieve, como zombies.

El señor Flander, que se había incorporado al escuchar los ruidos, exclamó:

—¡¡Esas estatuas han cobrado vida y quieren atacarnos!! ¡¡Están embrujadas!!

Piotr se había girado y advirtió a sus amigos:

—Tenemos más a nuestra espalda, nos tienen rodeados.

Las figuras negras avanzaban paso a paso. Algunas de ellas portaban en las manos espadas o bastones y la expresión de sus rostros pétreos era de odio.

—¡Es nuestro fin! –susurró desesperado el señor Flander.

19

Las siniestras figuras, amenazadoras, se acercaban a ellos. Flander estaba aterrorizado. Sus nietos, al contrario, con gesto de desafío, optaron por defenderse. Tomik y Marek comenzaron a tirar bolas de nieve a las amenazantes estatuas que estaban a punto de atacarles.

Lanzaron las primeras bolas a la que se aproximaba en cabeza, que representaba a un hombre de barba, vestido con pieles y que portaba un largo bastón en una mano. La figura esquivó con agilidad una de las bolas, aunque recibió el impacto de la segunda y no se libró de la tercera.

—Malditos críos, me vais a empapar –dijo la oscura figura con una voz ronca.

—¡Niños, no tiréis más bolas o acabarán con nosotros de la forma más cruel! ¡Esas esculturas son diablos que han salido del infierno para llevarnos con ellos! –les gritó su abuelo fuera de sí.

El tendero Piotr estaba paralizado por el miedo y los niños no hicieron caso a su abuelo y continuaron lanzando bolas.

Rita quedó pensativa. "Qué raro, esas esculturas para ser de piedra son muy ágiles, intentan evitar las bolas. Además, una de ellas se ha quejado de que la nieve le iba a mojar. Si fueran de piedra, eso no debería importarles".

Las estatuas estaban muy cerca de ellos.

Rita se fijó en los rasgos de la estatua que, con el bastón, parecía el líder del grupo. Su barba rizada y la nariz le resultaban conocidas; ella había visto esa cara y esa figura en algún otro sitio.

La niña intentaba recordar dónde había observado aquellos brazos tensos que sobresalían de las pieles de animal que utilizaba de abrigo. La estatua se giró a sus acompañantes de piedra y gritó:

—¡¡Atrapadlos!!

—¡Noooooooooo! –aulló de miedo el señor Flander.

Rita lo supo en ese momento: era la escultura que había visto por la mañana en el puente del rey Carlos, y en unos instantes comprendió la situación.

Aquellas estatuas no deberían estar allí, junto a las figuras de piedra de los querubines; aquel no era su sitio. Nadie las había trasladado, porque no eran estatuas. El señor Flander no se había confundido ni ella había contado mal las esculturas del puente. Lo sabía, estaba segura, había descubierto el misterio.

—¡No son esculturas, ni diablos, son los actores que hacen de estatuas y piden dinero en la calle, se han disfrazado para asustarnos y capturarnos! –exclamó.

Las figuras se quedaron paralizadas un momento y su líder gritó:

—¡La bruja nos ha descubierto!

Rita echó un rápido vistazo a su alrededor y respondió desafiante:

—¡¡¡Sí, granujas, soy yo, la bruja Ritalcova!!! Tengo al fantasma sin cabeza en mi torre encantada y conozco la fórmula de la piedra filosofal.

Los impostores, excitados por las palabras de la niña, dirigieron sus furibundas miradas hacia ella y comenzaron a gruñir:

—¡¡A por ella!!

—¡Que no escape!

El señor Flander y Piotr, paralizados por la sorpresa no reaccionaban, y Rita se dirigió a Marek y a Tomik.

—Chicos –les dijo–, voy a huir y me llevaré tras de mí a todos esos fantoches que hacen

de estatuas. Cuando estemos lejos, coged a María
Elena, a vuestro abuelo y al tendero Piotr y dirigíos
al funicular y de allí a la universidad, donde
preguntaréis por el rector. Yo les despistaré por las
calles que hemos atravesado y más tarde me reuniré
con vosotros en la universidad. ¿De acuerdo?

—Vale, Rita –respondió Tomik.

—Ok –contestó Marek.

—Ahora necesito vuestra ayuda –continuó
la niña–. Quiero que me cubráis. ¿Veis a esos que están
a mi derecha? –preguntó señalando con la cabeza
a dos figuras que avanzaban con dificultad en la nieve
a causa de las largas túnicas que vestían. Los niños
asintieron.

—Bien, apuntad bien y lanzadles todas
las bolas que podáis. Escaparé por allí mientras
ellos esquivan vuestros bolazos.

—De acuerdo, Rita, les daremos una buena
–respondió Marek con una sonrisa.

Los actores, convertidos en malandrines
por la fiebre del oro, estaban muy cerca de ella. Rita,

que se había separado del grupo, los esperaba con los pies asentados en el suelo. Concentrada, respiraba profundamente, preparándose para la carrera.
Con nervios de acero, contó el número de atacantes y luego comprobó cómo los gemelos preparaban a toda velocidad las bolas de nieve.

El jefe de los malhechores, apenas a unos pasos, blandió su bastón y aulló mientras se abalanzaba sobre ella.

—¡Ya tenemos a la bruja!

En esos momentos Tomik y Marek comenzaron su bombardeo sobre las figuras que les había indicado Rita. La niña, con una rapidez vertiginosa se agachó y esquivó las manos del truhán. De dos ágiles saltos evitó a dos individuos más y se dirigió hacia el lugar donde los dos hermanos estaban lanzando sus bolas. Una mujer vestida con una gran túnica tirada en el suelo recibía

sin parar bolazos de nieve, mientras un hombre vestido con una larga túnica intentaba esquivarlas como podía.

Rita escapó y descendió veloz por la cuesta que antes habían subido, y una vez abajo, esperó.

Al momento comprobó cómo varias figuras oscuras aparecían en lo alto de la pendiente. A pesar de que las primeras recuperaban terreno respecto a ella, se mantuvo a la espera hasta que contabilizó el número completo de sus perseguidores.

"Están todos. Bien, ahora tengo que despistarlos", se dijo antes de internarse por el laberinto de calles.

20

Rita corrió lo más rápido que pudo.
Sin embargo, las huellas que dejaba en la nieve
dejaban un rastro fácil de seguir a sus perseguidores.
La niña confiaba en su velocidad y forma física
y en la dificultad que les suponía a los malandrines
moverse con sus vestimentas.

Pero ella no estaba acostumbrada a correr
en la nieve y era muy fatigoso. Además, no conocía
el lugar y pronto descubrió que corría por una calle
por donde ya había pasado anteriormente. Algunos
de los artistas callejeros se habían desprendido
de las vestimentas más voluminosas y recortaban
la distancia que los separaba.

—¡Ya la tenemos! –gritaba uno.

—Vamos a coger a la bruja –aullaba otro.

Algunas personas, al oír los gritos,
se asomaron a las ventanas y, al ver la persecución,
y a pesar del extraño aspecto de los perseguidores,
comenzaron a avisar:

—¡La bruja ha ido por la calle de la derecha!
–les avisó una señora desde un primer piso.

—¡Ha girado hacia la izquierda! –gritó un señor mayor malhumorado que vivía en una buhardilla–. Atrapadla.

Solo algunos niños que se encontraban en los balcones, movidos por la pena, intentaban ayudar a la niña acechada.

—Corre, escapa –gritó a Rita una niña pequeña que vivía en una casa de color amarillo.

—Ánimo, lo conseguirás –le animó un niño desde otro lugar.

—Venga, huye –dijo una niña que se encontraba en una ventana.

Rita se detuvo a su lado y la niña le dio un vaso de agua.

—¿Quieres que te esconda en casa? –le preguntó.

Rita negó con la cabeza y le dijo:

—He de llegar a la universidad. ¿Por dónde se va?

La niña señaló una dirección y Rita, al ver que sus perseguidores aparecían tras una esquina, dio las gracias y siguió adelante.

Las palabras de los niños le dieron algo de fuerza, pero lo cierto es que Rita estaba agotada y cada vez le costaba más levantar los pies del suelo. Los malhechores estaban cada vez más cerca.

La niña embocó por una estrecha calle oscura con la intención de despistarlos, pero a medida que avanzó se dio cuenta de que se había metido en un callejón. No había salida. La niña mantuvo la mirada tensa en la entrada del corredor con la esperanza de que sus perseguidores pasaran de largo.

Con alegría, Rita comprobó que así ocurría y respiró aliviada.

Sin embargo, a los pocos segundos comenzó a escuchar unos murmullos. Algunos de los artistas se habían dado cuenta de que sus huellas se metían en el callejón.

Se arrimó al muro, en el lugar más oscuro, para evitar ser descubierta, pero al momento vio aparecer las figuras que habían imitado a estatuas en la entrada del corredor.

—¡La bruja está allí, junto al muro! –advirtió uno que tenía muy buena vista.

—¡Esta vez no tiene escapatoria! –bramó otro con seguridad.

En un instante el callejón se llenó
de las siniestras figuras de sus perseguidores,
que avanzaron hacia ella con paso decidido.

Rita se palpó el bolsillo del abrigo
y comprendió el error que había cometido.

"Cuando descubran que tengo el diario del
alquimista, van a pensar sin duda que soy una bruja.
Tendría que haberlo escondido en algún sitio
o habérselo dado a Piotr o a los niños. Toda esta
información tan valiosa va a quedar en manos
de estos malhechores, después de todo lo que han
trabajado el tío Daniel y los demás profesores",
–se dijo.

—¡A por ella! –gritó el cabecilla.

21

La niña sintió una presencia sobre su cabeza y miró hacia arriba.

Sus perseguidores hicieron lo mismo. Allí, sobre la pared, había aparecido un ser inmenso. Su figura se recortaba contra el cielo y los actores disfrazados de estatuas quedaron impresionados. Ella lo reconoció al instante: era el hombre que la había ayudado a escapar con Marek.

El individuo saltó y cayó junto a ella con una agilidad felina.

—¡Eres tú! –exclamó la niña con un sonrisa.

Él también la sonrió.

—¿Quién es ese? –gritó uno de los malhechores.

—No sé, pero da igual, somos muchos; si quiere llevarse a la bruja se lo impediremos. Somos más, no os detengáis –respondió el jefe de la banda.

Rita, animada por la presencia de su amigo, recuperó los ánimos y las fuerzas. Se colocó en actitud de combate y le dijo:

—Tranquilo, son muchos, yo te protegeré. Soy cinturón rojo fosforito de taekwondo. Me ocuparé de los de la derecha y de los de la izquierda. Tú encárgate de ese que está en medio.

Sin embargo, el ser no pareció hacerle caso e interpuso su enorme cuerpo entre la niña y sus perseguidores.

Estos comenzaron a gritar a la vez que se disponían a atacar.

—¡A por él!

—¡Que no se lleve a la bruja!

—Hay que atraparle.

El individuo recibió al primero de los atacantes cogiéndolo y levantándolo en el aire. Allí lo sostuvo unos instantes y, ante la mirada atónita de sus compañeros, lo lanzó contra ellos.

Varios de los malandrines rodaron por el suelo y el protector de Rita avanzó hacia ellos con paso decidido. Agarró a uno de ellos por la ropa y lo volteó en el aire, para más tarde lanzarlo junto a sus compinches. El ser inmenso continuó su embate contra aquellos cazadores de brujas y en unos pocos minutos no quedaba ninguno en pie. Los que pudieron recuperarse de los golpes huyeron despavoridos, mientras sus compañeros yacían en el suelo.

El individuo se volvió hacia Rita, que se mantenía en posición de combate

—Oh, ¿por qué no has dejado ninguno para mí? –le recriminó ella.

El ser se encogió de hombros en un gesto divertido y la niña reaccionó comprensiva.

—Da igual. Muchas gracias, me has salvado
de nuevo.

Luego, le pidió que se acercara. El gigante
se agachó para ponerse a su altura y Rita añadió:

—Amigo, escucha, confío en ti y te diré
la verdad. He encontrado el diario del alquimista

Gatuso, el favorito del rey y el que dicen que pudo
encontrar la fórmula de la piedra filosofal. Puede
que contenga información muy valiosa y he de
entregarlo en la universidad para evitar que caiga
en malas manos.

En el extraño individuo asintió al escuchar sus
palabras y luego le indicó que se subiera
a su abultada espalda.

—¿Quieres que me ponga ahí? –preguntó ella.

El gigante afirmó con la cabeza e hizo un nuevo gesto.

—¿Y que me agarre fuerte a tus hombros?

El individuo asintió de nuevo, y una vez Rita hizo lo que le dijo, comenzó a escalar el muro apoyándose en unas minúsculas hendiduras que había en la pared. Como si fuera el mismo Spiderman, el hombre superó el muro sin dificultad y a través de los tejados de las casas y, atravesando algunos callejones, se dirigió al edificio de la universidad.

22

El gigante la condujo hasta una callejuela
que se encontraba a escasos metros de la puerta
de la universidad. Se agachó y Rita apoyó sus pies
en la nieve. El individuo se giró y levantó
una mano en señal de despedida.

—Entra conmigo –le dijo ella–. Me has
ayudado dos veces y gracias a ti el diario del
alquimista se ha salvado. El mérito también es tuyo.

El extraño ser hizo un gesto negativo
con la cabeza.

—¿Por qué no quieres?

El individuo miró al suelo y, luego, reiteró
la negativa moviendo la mano antes de hacer
de nuevo el gesto de despedida.

—Espera –rogó la niña.

El ser se agachó de nuevo y Rita se abrazó
a él con todas sus fuerzas.

—Gracias por todo, amigo –le dijo mientras
apretaba con sus frágiles brazos el enorme corpachón.

Luego se separaron y Rita miró con una
sonrisa al extraño ser que tanto la había ayudado. La

niña creyó ver algo parecido a una mancha
de color oscuro en el rostro del individuo. No estaba
segura, había poca luz y fue una visión fugaz,
pues el gigante se dio la vuelta y desapareció
corriendo en la negrura del pasaje.

Rita miró a ambos lados de la calle y entró
en la universidad. Una mujer que se encontraba
en la entrada parecía estar esperándola.

—¿Eres Rita, la sobrina del profesor Daniel
Bengoa? –le preguntó.

—Sí –respondió ella.

—¡Uf! –suspiró aliviada. –Soy la profesora
Nevded, compañera de trabajo de tu tío, te estaba
esperando. El padre de la profesora Flanderova y
su amigo, un tal Piotr, han llegado hace una hora
con dos niños y nos han explicado lo sucedido.
Varios profesores y alumnos han subido a la zona del
castillo, unos para buscarte y otros para acotar
el hallazgo que habéis hecho.

Rita la miró sorprendida y la profesora
exclamó:

—¡Habéis descubierto el auténtico laboratorio
del alquimista Gatuso y una red de pasillos
y dependencias bajo el castillo desconocidos
hasta hoy! ¿Estás bien?

—Sí, gracias.

—No te preocupes, todo ha pasado –le dijo
la mujer tomándola por el hombro–. El rector Fibich

te está esperando y en una hora llegará tu tío Daniel.
Hemos contactado con él por teléfono y nos
ha contado que han solucionado los problemas
que tenían y están en camino.

    Rita subió junto a la profesora al despacho
del rector, donde la esperaban este, su ayudante
y el señor Flander, el tendero Piotr, Tomik, Marek
y María Elena.

—¡Lo has conseguido! –exclamaron los niños que corrieron a abrazarla.

El tendero y Flander la saludaron efusivamente al igual que el rector, que se mostraba impresionado por el valor de la niña.

La carpa se removía alegre y Rita se acercó y acarició su suave lomo.

—En realidad me ha ayudado un amigo, como antes lo habéis hecho vosotros. Lo hemos conseguido entre todos, los seis –dijo ella con una sonrisa.

—¿Y quién es ese séptimo que no conocemos? –preguntó intrigado el señor Flander.

—Es un chico muy tímido que prefiere permanecer en el anonimato.

—Como un superhéroe –dijo el tendero Piotr.

—Sí –respondió ella emocionada al recordar al extraño individuo. –Como un superhéroe.

La invitaron a sentarse en un sillón y la sirvieron un chocolate caliente y pastas mientras

se recuperaba. Sus amigos no habían mencionado el hallazgo del diario, y ella tampoco lo hizo, pues querían que fueran Daniel y Eva los primeros en saberlo.

No tardaron mucho en llegar y, cuando se vieron, Daniel y Rita se abrazaron largamente, sin prisa.

Marek y Tomik se lanzaron al cuello de sus padres, y el tendero Piotr y el señor Flander también los saludaron.

—Me lo han contado todo por teléfono. ¿Qué tal estás? –le preguntó Daniel.

—Ahora muy bien –respondió ella.

La profesora Flanderova se acercó a saludarla. Tras intercambiar palabras de afecto, Rita buscó en su bolsillo, tomó el diario y anunció a Eva y a Daniel:

—Tomad, creo que era esto lo que buscabais.

Los profesores abrieron los ojos asombrados y Daniel sonrió a su sobrina y la abrazó de nuevo.

23

Rita tuvo que aceptar que le hicieran algunas fotos, y el rector dio una rueda de prensa improvisada para anunciar el hallazgo del laboratorio y de las dependencias secretas. Decidieron, sin embargo, no decir nada del diario del alquimista hasta que el material que contenía fuera estudiado por expertos.

—Pronto serás conocida en toda la ciudad como uno de los responsables del descubrimiento –le dijo el rector Fibich.

—No lo he conseguido yo sola, lo hicimos entre todos: Tomik, Marek, el tendero Piotr, el señor Flander y María Elena –respondió ella con ademán vergonzoso–. Además…, yo no quiero ser famosa. A mí me gusta estar con mi tío y mis amigos, pasarlo bien y divertirme.

Daniel intervino:

—A mí tampoco me gusta demasiado todo esto, pero después de lo sucedido es mejor que tu cara se haga conocida para que no vuelvan a tomarte por alguien que no eres. Hay mucha gente supersticiosa que cree en fantasías, ya lo has visto.

—Ahora te conocerán como lo que eres: no una bruja, sino una niña audaz –le sonrió el tendero Piotr.

—La verdad es que lo que habéis hecho ha sido admirable –añadió Emil, el marido de la profesora Flanderova.

El rector les explicó que tras un rápido vistazo al diario, había conocido algún detalle de lo sucedido al alquimista. Según lo que escribió el propio Gatuso, como desconfiaba del ambicioso rey Rodolfo, construyó un laboratorio secreto para realizar sus experimentos. Su hijo murió de una enfermedad contagiosa que contrajo años después. El resto de la historia sucedió tal y como Daniel y Eva habían deducido de sus investigaciones.

—Así que el alquimista no llegó a dar con la fórmula –comentó el tendero Piotr.

—Aún debemos analizar todo el diario y los documentos que hay en el laboratorio, pero me temo que fue así –confirmó Fibich.

—Y la leyenda del fantasma es una fantasía infundada, como todas las demás –intervino Emil.

—Yo no me atrevería a decir tanto –respondió un poco molesto el señor Flander.

—¿Cómo, no has escarmentado con lo que ha ocurrido?

Daniel se acarició la barbilla y con un gesto de la mano pidió a Emil que se tranquilizara, y luego dijo:

—En este caso ha resultado así, la leyenda del fantasma sin cabeza es un cuento. Pero por ello no debemos desconfiar de todas las leyendas. Muchas de ellas tienen una base real y aportan mucha información de lo que ocurrió en otras épocas.

—Yo pienso lo mismo –añadió Rita.

María Elena confirmó su parecer con un coletazo y el señor Flander sonrió.

Poco después todos regresaron a la casa del león rojo.

El tendero Piotr se despidió de ellos hasta el día siguiente, y la familia de la profesora, Rita, Daniel y María Elena entraron en casa. Allí descansaron y se contaron los detalles de todo lo acontecido.

Luego cenaron y el señor Flander y los niños, cansados tras aquella jornada llena de emociones, se retiraron a sus habitaciones para descansar. María Elena pasó la noche en la bañera, donde pudo también recuperar energías. Emil se encargó de acostar a los gemelos, y Rita, Daniel y la profesora Flanderova entraron en el salón.

Se sentaron en diferentes sillones alrededor de la chimenea encendida. Eva sonrió.

—Ha sido una aventura increíble, Rita. Gracias por lo que has hecho.

—Ya os he dicho que en realidad hemos sido todos.

—No, Rita, has sido sobre todo tú la que lo ha conseguido; los demás te han ayudado.

La niña se puso roja al escuchar aquellas palabras y la profesora continuó.

—Y gracias por haber cuidado de los niños y de mi padre.

Daniel, que veía que la temperatura en el enrojecido rostro de su sobrina subía de modo alarmante, intervino.

—Yo espero que no te metas en más líos, ya que no te volveré a dejar sola.

La niña se sorprendió.

—¿Cómo, no vais a investigar el diario y el laboratorio?

—Hay otras personas cualificadas para hacerlo. Faltan tres días para Nochebuena y para que tú y yo regresemos a casa. Esta tarde he decidido que ya es hora de comenzar las vacaciones. Me voy a dedicar a disfrutar de estos días contigo y con nuestros anfitriones.

Rita dio un brinco de alegría en el sitio. Para ella, aquello era más importante que el oro.

Tras moverse en el asiento, la niña se acomodó y notó el pliegue del papelito en el bolsillo del pantalón. Entonces lo recordó.

—¿Qué ocurre? –le preguntó Daniel al ver la expresión de su cara.

—Cuando descubrí el diario, un papel cayó de entre sus páginas. Lo guardé para entregároslo a vosotros dos. No quería que nadie más lo supiera –dijo ella con voz temblorosa.

—¿De qué se trata? –preguntó intrigada Eva.

—Creo que es... es... –intentó responder. Las palabras no le salían y optó por levantarse, tomar el papel del bolsillo y dárselo a su tío.

—Es mejor que lo veáis.

Eva se acercó a Daniel y juntos desdoblaron el papel y, asombrados, leyeron lo que allí había escrito.

—Es ...es... la fórm... –estuvo a punto de exclamar la profesora Flanderova.

—No lo digas –la interrumpió Daniel, que se quedó mirando pensativo el papel. Luego miró a Rita.

—El contenido de este papel es muy codiciado y también muy peligroso.

—Ya lo sé, recuerdo lo que dijisteis, por eso lo guardé y no comenté a nadie que lo había encontrado. Pensé que vosotros sabríais qué hacer con él.

—¿Nosotros? –preguntó Eva.

—Sí, sois profesores, sabéis mucho.

Su tío sonrió al suelo sin abrir la boca
y la miró de nuevo.

—¿Tú qué harías con él?

—¿Yo?

—Sí, tú.

—Yo soy una niña.

—Te lo pregunto precisamente por eso, Rita.

—No sé… –dijo ella evasiva.

—Creo que sí lo sabes. Vamos, no seas tímida,
dime lo que harías.

—¿De verdad?

—De verdad.

Rita giró suavemente la cabeza en dirección
a la chimenea.

Daniel se volvió hacia la profesora Flanderova y esta asintió con los ojos cerrados.

—Rita, hazlo, por favor –le pidió su tío.

La niña se acercó a Daniel, tomó el papel y, muy despacio, se acercó al fuego que ardía en la chimenea. Luego arrugó el papel y lo lanzó a las llamas.

Y Daniel, Eva y Rita observaron cómo el papel donde el alquimista había escrito su sueño se consumía en el fuego.

24

Tras cepillarse los dientes se metió en la cama y su tío la arropó con cariño.

—Tío… –dijo Rita–. El hombre que me ayudó era un poco raro.

—Eso ya me lo has dicho antes.

—Sí, pero es que no había visto nunca a nadie parecido, ni en las películas.

—¿Cómo era ese hombre?

—Muy muy alto, con los ojos rasgados y la cabeza rapada al cero. No hablaba, era mudo.

—También me has dicho que iba descalzo y vestía tan solo una camisa.

—Sí, y era muy fuerte y ágil –afirmó ella.

—Y te defendió de los que te perseguían –añadió Daniel.

—Así es, y debe de ser muy bueno. Al despedirnos, vi algo en su cara. Pensé que se había hecho una pequeña herida al rozarse con algo, pero resultó ser una salpicadura de barro.

La cara de Daniel se alteró al escuchar la últimas palabras.

—¿Qué ocurre? –preguntó su sobrina.

Tras unos segundos de reflexión, su tío le contestó:

—Hay una leyenda de Praga en la que aparece un personaje que me recuerda a ese hombre misterioso.

—¿Otra leyenda?

—Sí. Hace muchos años un hombre sabio, al ver que ciertas personas de Praga eran perseguidas, modeló una pequeña figura de barro y, por medio de unas palabras secretas le concedió el don de la vida. Al momento esa figura se convirtió en un hombre muy alto y corpulento que se dedicó a cuidar y a proteger a las personas que eran injustamente perseguidas en la ciudad. Algo así como un...

—Superhéroe.

—Exacto, un superhéroe de barro conocedor de todos los rincones de Praga, invencible y ágil y con una fuerza descomunal. Le llamaban Golem.

—¿Golem? —preguntó ella con los ojos muy abiertos.

—Sí.

Los dos quedaron en silencio a la luz de la lámpara de noche que proyectaba estrellas sobre la pared de la habitación.

Rita dijo con una sonrisa:

—¿Crees que el Golem ha vuelto y me ha ayudado?

—No lo sé —respondió pensativo su tío—. Tal vez era una persona muy alta que ha visto lo que ocurría y ha querido ayudarte.

Ella suspiró.

—Es muy agradable saber que hay gente así, que se dedica a ayudar a los que lo necesitan —dijo.

Daniel sonrió.

—Vamos, tienes que descansar, ha sido un día muy ajetreado. Buenas noches, Rita.

Luego le dio un beso de buenas noches, apagó la luz y salió de la habitación con gesto pensativo.

Rita se acurrucó entre las sábanas y mirando a la ventana dijo:

—Buenas noches, Golem.

Y se quedó dormida.

25

Después de desayunar, Rita preparó el carrito
con el barreño y su tío y Emil trasladaron allí a María
Elena. Luego todos salieron de la casa y se acercaron
a la orilla del río, donde les esperaba el tendero Piotr.
El corazón de Rita se debatía entre la tristeza
y la alegría.

Se agachó junto al recipiente y acarició
a la carpa, que se removía inquieta.

—Tú también estás nerviosa, ¿verdad?

Tomik y Marek se acercaron y acariciaron
al animal.

Los adultos contemplaban la escena mientras
charlaban entre ellos. Al cabo de un rato, Daniel
se dirigió a su sobrina.

—Vamos, Rita, ha llegado el momento.

Ella asintió y se agachó hacia el barreño
y tomó en sus manos al pez, que puso su cuerpo
en tensión para que su amiga lo asiera con facilidad.

Luego la niña se giró hacia el río Moldava,
y con cuidado, depositó a la carpa sobre el agua.

El animal chapoteó cerca de ellos unos instantes y agitó la cola en señal de despedida antes de perderse en el fondo del río.

—¡Adiós, María Elena! –se despidió Rita emocionada.

Marek y Tomik, que se había colocado junto a ella, agitaron sus manos con energía para despedirse de su amiga.

—Ahí va nuestra cena de Nochebuena –dijo el señor Flander.

—Vamos, no se preocupe, estamos a tiempo para confeccionar otro menú para esa noche –intervino Emil.

—Con un poco de imaginación podemos hacer una cena excelente –dijo Eva.

—Vamos a mi tienda –se sumó el tendero Piotr–. Seguro que tengo género suficiente para preparar una cena inolvidable.

Rita, junto a los gemelos, se había quedado contemplando la superficie del río donde instantes antes había desaparecido María Elena. Unas débiles ondulaciones eran el único rastro que quedaba de su amiga.

Daniel tomó por el hombro a su sobrina y el grupo se dirigió hacia el puente del rey Carlos para luego perderse por las bulliciosas y alegres calles de Praga.

***

Rita tenista

Convertirse en una
estrella de la música
es importante para
Rita. Cuando pruebe
suerte como tenista y
tenga éxito, se dará
cuenta de que la fama
tiene un lado duro
que no esperaba.

Rita gigante

Rita no quiere ser bajita,
está harta de que la
llamen "pulga".
Ella quiere ser muy alta
porque piensa que así
todo el mundo la querrá.
¿Podrá conseguirlo con
una poción mágica?

Rita en el polo

El tío Daniel forma parte
de una expedición
científica atrapada
en los hielos del
Polo Norte.
Rita intentará
ir al rescate en
compañía de sus
amigos del pueblo
inuit y de un pingüino
muy especial.

¡ No te pierdas
mis aventuras!

Rita tiene novio

Rita yBerta son las mejor
amigas del mundo.

Por eso, Rita tratará de pa
un mensaje a Edu en nom
de Berta diciendo que le
gustaría ser su novia.
¡Menudo lío se arma!

Rita Y Los LaDRones De tumbas

Una aventura en el desierto en busca de tesoros escondidos. ¿Podrá Rita ayudar esta vez a su tío Daniel y burlar a los salteadores de tumbas?

Rita Y el PájaRo De PLata

Rita ha visto algo extraordinario:
un pájaro de plata.
La leyenda dice que si se ve un pájaro de plata se podrá pedir un deseo.

Rita ROBINSON

Rita odia ir de camping y los mosquitos que hay en el campo. Una gran tormenta provocará que Rita acabe sola en una isla, hasta que aparezca en la playa una extraña embarcación.

Rita en apuRos

Rita tiene un problema:
sus padres confían en ella para que encuentre un muñeco que ella ha perdido y, como no lo consigue, empieza a mentir inventando historias que cada vez se lían más.

EUROPA

ISLANDIA
Reykjavyk

IRLANDA
Dublín

REINO UNIDO
Londres

DINAM

HOLAN

A

Brus

BÉLGICA

Paris

Berna

FRANCIA

S

PORTUGAL
Lisboa

ESPAÑA
Madrid